LETTRES

D'ALEXANDRE DE HUMBOLDT

A

VARNHAGEN DE ENSE

DE 1827 A 1858

PAR

GUSTAVE REVILLIOD

GENÈVE
IMPRIMERIE RAMBOZ ET SCHUCHARDT
Rue de l'Hôtel-de-Ville, 78

1860

LETTRES
D'ALEXANDRE DE HUMBOLDT A VARNHAGEN DE ENSE
DE 1827 A 1858 [1].

Deux écoliers allaient ensemble de Pennafiel à Salamanque. Se trouvant las et altérés, ils s'arrêtèrent au bord d'une fontaine qu'ils rencontrèrent sur leur chemin. Là, tandis qu'ils se délassaient après s'être désaltérés, ils aperçurent par hasard auprès d'eux, sur une pierre à fleur de terre, quelques mots déjà un peu effacés par le temps et par les pieds des troupeaux qu'on venait abreuver à cette fontaine; ils jetèrent de l'eau sur la pierre pour la laver, et ils lurent ces paroles castillanes : « Ici est enfermée l'âme du licencié Pierre Garcias. »

Un an à peine s'est écoulé depuis que le monde apprenait avec douleur que le célèbre, l'universel savant, Alexandre de Humboldt avait cessé de vivre, et voici que déjà la main légère d'une femme, Mlle Ludmilla Assing, soulevant la pierre du tombeau de l'illustre défunt, lui dérobe, ce semble un peu contre son gré, son trésor, non pas sous la forme d'une bourse, comme les écoliers de Salamanque, mais sous la forme d'une correspondance qu'elle abandonne sans merci au public : « C'est votre propriété, » avait dit Humboldt à Varnhagen, dans un moment d'humeur peut-être, que ces lettres où j'ai épanché au sein de l'amitié mes colères et mes regrets; vous y aurez pu lire heure par heure le vide que laisse sur cette terre toute science humaine, si grande soit-elle, quand elle est seule; j'y ai répandu à pleines mains l'esprit que le ciel m'avait dé-

[1] Briefe von Alexandre von Humboldt an Varnhagen von Ense, aus den Iahren 1827 bis 1858.

parti à si hautes doses; « ces lettres sont votre partage ; je mourrai incessamment, je le crois ; donc, dès mon trépas, disposez de ce qui vous appartient; on ne doit pendant sa vie la vérité qu'à ceux qu'on estime. » Varnhagen mourut le premier et Mlle Assing, prenant en leur sens le plus étroit les paroles du savant, s'est hâtée de livrer à l'impression ses plus secrètes pensées.

Quant à nous, juge impartial dans ce conflit qui vient de soulever tant de récriminations et tant de colères, nous ne sommes pas sans redouter de la part de ceux qui nous liront un premier moment de déception, comme un spectateur qu'on placerait devant un paysage fort vanté, mais trop éloigné pour qu'on en puisse distinguer tous les détails. Que le lecteur néanmoins ne se décourage pas, qu'il daigne se reporter aux grands événements, lesquels ont agité l'Allemagne depuis trente années, et il retrouvera dans les jugements de M. de Humboldt ces appréciations justes, fines, prévoyantes, à côté de critiques souvent amères mais toujours indépendantes qui, pour la postérité, uniront l'homme de cœur au savant immortel.

Humboldt à Varnhagen.

Berlin, 26 avril 1830.

Je trouve dans ce moment, en rentrant de Potsdam, vos chères lettres et votre charmant cadeau. Zinzendorf m'amusera beaucoup, beaucoup : c'est une physionomie originale comme celles de Lavater, de Cardanus. J'ai ri de cette nouvelle piétisterie qui commençait à faire irruption à Halle. Votre conclusion est pleine de dignité et de grâce. Je me réjouis d'apprendre que vous avez pris mon *Cri de Pétersbourg* pour une parodie, et que vous voulez le conserver, — l'ouvrage de deux nuits, une tentative de flatter sans s'abaisser, de dire ce qui devrait être. Comme vous et votre spirituelle compagne[1] pre-

[1] La célèbre Rahel, si connue en Allemagne par sa correspondance.

nez part à tout ce qui m'arrive d'heureux, je vous annonce que le roi m'envoie, pendant la Diète, auprès de l'empereur. Je partirai probablement avec le prince royal, qui va chercher l'impératrice et lui a donné rendez-vous à Fischbach.

Humboldt à Varnhagen.

Berlin, 9 juillet 1830.

Veuillez, ainsi que votre excellente et spirituelle femme, agréer avant mon départ, mes plus chauds remerciements pour votre nouveau présent qui m'est si agréable (*Souvenirs du philosophe médecin Jean-Benjamin Erhard*, publiés par Varnhagen de Ense). Celui dont vous détaillez les particularités avec tant de sens, m'était personnellement inconnu; il appartenait à cette catégorie d'hommes qui se distinguent dans la vie plutôt par leur individualité bien tranchée que par leurs écrits. Un homme qui se figure que ses souvenirs remontent pour lui jusqu'à l'âge d'un an (la Margrave comptait d'autre façon : j'étais un enfant très-précoce, *à deux ans je savais parler, à trois ans je marchais!*), un homme qui a un bon génie en manteau noir, comme Cardanus, qui aime platoniquement des vieilles filles, pour les convertir à l'amour de la vertu et de la littérature, — un homme à qui le sort des professeurs chez les princes allemands paraît plus tragique que celui des Grecs, — cet homme-là a droit à toute mon admiration, car il est une rareté. La *Gazette de la Croix* ne le mettra pas au nombre des croyants, et les Schimmelmann, mon très-cher, ne vous remercieront pas de cet écrit qui rappelle les saturnales danoises-holsteiniennes d'une démagogie sentimentale ! J'ai un plaisir extrême à penser que vous allez travailler avec Hardenberg; c'est une tâche difficile mais belle, si seulement vous parvenez à distinguer les époques, et si la haine des partis vient un jour à se taire. Hegel, à ma joie, a l'air, lui aussi, de garder le silence à l'académie. Votre très-reconnaissant

A. Humboldt.

Voici ce que nous trouvons, environ à la même date, dans le journal de Varnhagen : « Peu de jours après la révolution de juillet, Alexandre de Humboldt disait au professeur Gans, qui semblait mettre de trop grandes espérances dans le nouveau gouvernement : « Croyez-moi, mon cher ami, mes vœux sont les mêmes que les vôtres, mais mes espérances sont faibles. Je vois depuis quarante ans changer les gouvernements à Paris, ils tombent tous par leur incapacité ; ce sont toujours de nouvelles promesses qui reviennent à la place des anciennes, mais elles ne se tiennent pas plus que les autres, et la même marche fatale recommence sans cesse à nouveau. J'ai connu la plupart des hommes du jour, en partie intimement : ils étaient distingués, il y en avait de bien pensants, ils n'ont pas pu y tenir; au bout de peu de temps ils ne valaient pas mieux que leurs prédécesseurs, souvent même ils sont devenus de plus grands coquins encore. Pas un gouvernement jusqu'ici n'a tenu parole au peuple, pas un n'a fait passer son égoïsme après le bien public. Tant que ceci n'aura pas lieu il n'y aura pas de pouvoir durable en France. La nation a jusqu'à présent toujours été trompée, et le sera encore, jusqu'à ce qu'elle punisse le mensonge et la mauvaise foi ; car pour cela elle est assez mûre et forte. »

Varnhagen à Humboldt.

Berlin, 23 janvier 1833.

Nous l'avons donc en Prusse, nous avons une représentation nationale, ou du moins nous l'avions dès longtemps, seulement nous ne le savions pas. L'évêque Eylert nous a ouvert les yeux, il a le premier prononcé le grand mot ; un second Mirabeau pour la clarté des pensées et le génie de l'expression, je m'imagine que non-seulement la salle des chevaliers, mais tout le château auront tremblé sous le coup de sa déclaration, quand il aura lancé d'une voix tonnante à l'assemblée que la représentation du peuple, de tous les états, de tous les intérêts, c'est — la fête des ordres[1] ! Je m'incline plein de respect et d'admiration devant l'audace colossale d'une combinaison si inattendue et si nouvelle, par laquelle toutes ces misérables institutions, qu'on avait comptées jusqu'à présent comme une représentation nationale en Europe, les parlements, les chambres, les états, les cortès et autres pareilles rentrent dans le néant. Je n'ai entendu l'orateur que par la bouche un peu froide de la gazette ; mais votre Excellence était sans doute présente, et sans doute me plaint et répète ce qu'on disait jadis pour un discours de Démosthène : « Oui, mais si vous l'aviez entendu ! » et le rire approbatif et la satisfaction béate des auditeurs, les regards des admirateurs ; voir tout cela.... voilà qui doit avoir bien relevé encore l'impression !

Oh ! nos ministres évangéliques sont en bon chemin, et promettent de ne le céder en rien à la prêtraille catholique alors qu'elle florissait ! Un habit noir de cette sorte nous rendra la risée de toute l'Europe.

Humboldt à Rahel.

Berlin, 1er février 1833.

La promptitude avec laquelle je vous réponds n'est point un bon signe, mon excellente amie. Dans ce pays, pour qu'une chose réussisse il faut qu'elle dure 14 mois ; alors seulement on peut prendre espérance. La lettre que je vous prie de ne pas laisser aux mains de votre amie, vous dit tout. On m'a écouté quand j'ai parlé, quand j'ai écrit, d'abord avec bienveillance, ensuite avec attention, mais aujourd'hui de bonne heure les beaux, les très-beaux dessins sont revenus ! Le mot souligné pourrait bien me donner encore un peu d'espoir, mais j'aime mieux me tromper moi-même que de tromper les autres, et la roideur de caractère de Beuth qui décide seul ici

[1] La fête des ordres pour la réception des nouveaux chevaliers de Saint-Jean, Johanniter-Ritter.

me ferme la porte. J'ai montré la meilleure volonté possible, suivant ce que vous demandiez, voilà qui n'exige aucune explication; que ceci devienne pour vous une vérité *historique*. Que ne pouvez-vous m'envoyer un mot de consolation sur notre cher Varnhagen, le plus brillant appui (ceci dans la plus noble acception du mot) de la littérature de notre patrie! c'est de lui que l'évêque au glaive dégaîné dit qu'il est un de ces talents *si distingués* qu'ils n'ont pas besoin de *distinctions*. Rien d'étonnant à ce qu'on tienne de pareils discours; mais ce qui, selon moi, est plus triste, c'est la bassesse de la société où l'on vit ici et qui n'est pas révoltée par des déclarations pareilles. Épargnez tous deux votre chère existence.

A. Humboldt.

Humboldt à Varnhagen.

Samedi 9 mars 1833.

A un esprit comme le vôtre, mon noble ami, il faut la solitude et le repos, lesquels se nourrissent d'eux-mêmes. Figurez-vous que ce n'est qu'hier soir, par le prince Carolath, que j'ai appris l'épouvantable nouvelle (la mort de Rahel). Vous savez quelle amie dévouée, éprouvée, indulgente, je perds en elle qui était l'ornement de son sexe; comme elle a été aimable pour moi dans cette petite affaire que j'ai eu à traiter avec Beuth! Elle, si familière avec toutes les fragilités et les souffrances de la vie, et pourtant si sereine et si douce! Avec tant d'esprit, tant de cœur! Le monde va maintenant vous paraître longtemps désert, mais la conscience d'avoir donné jusqu'au dernier soupir, à une si belle âme, ce que peuvent donner l'esprit et le cœur, de grâce et de douceur, vous sera, mon cher Varnhagen, un baume à la blessure. Je vous en conjure, ménagez votre santé.

A. Humboldt.

Humboldt à Varnhagen.

Berlin, le 27 octobre 1834.

Je commence l'impression de mon ouvrage (*l'œuvre de ma vie*). J'ai la folle pensée de vouloir représenter dans un ouvrage et dans un même ouvrage, tout ce que nous connaissons jusqu'à ce jour des phénomènes du ciel et de la terre, depuis les nébuleuses jusqu'à l'histoire des mousses sur les rochers de granit, tout ce qui, dans la langue humaine peut réveiller et réjouir le cœur. Toute idée grande et importante devra être consignée ici à côté des faits. Ce sera pour marquer une période de développement dans l'humanité (dans sa connaissance de la nature). Les prolégomènes sont à peu près terminés; mon discours d'ouverture est entièrement refait à nouveau, il contient le tableau de la nature, les moyens qu'a notre époque d'étudier la nature : 1° Poésie descriptive avec les tableaux de la nature, d'après les voyageurs modernes; 2° La peinture de paysage avec la représentation d'une nature exotique; quand la peinture de paysage est devenue un besoin et une jouissance pour nous, pourquoi l'antiquité passionnée n'a pas pu l'éprouver, cette jouissance; 3° Les plantes, leur groupement, la géographie physique du globe, comment l'idée de la nature du globe et la relation des phénomènes physiques s'est graduellement formée dans la pensée des peuples. Les prolégomènes sont pour moi la chose importante et contiennent la généralisation de mon sujet, après viennent les parties plus spéciales. . . . . . .

. . . .

Les défauts principaux de mon style sont un malheureux penchant à des formes trop poétiques, des constructions trop longues et une concentration trop grande d'une multitude d'idées et de sensations dans une même période. En revanche je crois que ces défauts radicaux qui tiennent à mon individualité sont atténués par une simplicité assez constante et par la généralisation (une manière de dominer l'observation, si je puis me servir d'une manière de dire si présomptueuse). Mais ce à quoi j'ai surtout pris garde dans mes considérations sur la nature, et ceci distingue entièrement ma manière de celle de Forster et de Chateaubriand, c'est, quand je décris, de rester constamment vrai, même scientifiquement vrai, sans pour cela tomber dans la sécheresse.

Humboldt à Varnhagen.

Berlin, avril 1835,
dimanche six heures du matin.

Vous, mon cher Varnhagen, qui ne craignez pas la douleur et qui recherchez la profondeur des sentiments, recevez dans ce temps d'épreuves, quelques paroles d'affection que vous envoient les deux frères. La délivrance n'a pas eu lieu encore. Je l'ai quitté hier soir à onze heures et je me hâte de retourner auprès de lui. La journée d'hier a été moins émouvante. Un état de demi-somnolence, et à chaque réveil quelques paroles d'amitié et de consolation, toujours la même lucidité de ce grand esprit, qui comprend, qui distingue tout et suit son état. La voix était faible, enrouée, haute comme celle d'un enfant, c'est pourquoi on lui a mis des sangsues au cou. Il a toutes ses idées ! ! « Pensez souvent à moi, me disait-il avant-hier avec sérénité. J'ai été très-heureux : et le jour d'aujourd'hui même est un beau jour, car l'amour n'est-il pas le premier des biens? Bientôt je serai auprès de notre mère, j'aurai la conscience d'un monde supérieur.... » Il ne me reste pas trace d'espérance; je ne croyais pas mes vieux yeux capables de verser tant de larmes. Cet état dure depuis huit jours[1].

Humboldt à Varnhagen.

Berlin, dimanche 23 mai 1835.

Mon cher ami, si le *Morgenblatt* du 18 vous tombe entre les mains, ayez la bonté de jeter un coup d'œil sur l'article pas

[1] Guillaume de Humboldt mourut à Tegel, le 8 avril 1835.

précisément aimable : « L'enterrement de Guillaume de Humboldt, » dans lequel mon frère mourant est représenté comme ayant été abandonné par sa famille; mais ce sont là de ces méchancetés auxquelles je prête peu d'attention.

11 mai 1836.

Varnhagen écrivait à cette date dans son journal : Humboldt est venu me voir ce matin de bonne heure et il est resté une heure et demie avec moi. L'objet principal de la conversation a été l'arrivée des princes français qui a lieu aujourd'hui. L'embarras du roi n'est pas médiocre : il aimerait faire aux étrangers toutes sortes de gracieusetés, mais qui parussent à Pétersbourg des grossièretés. Le ministre Ancillon n'a pas osé annoncer lui-même la nouvelle au prince royal, il a préféré laisser ce soin au hasard. Nos princes se sont fort gendarmés, pestant contre cette visite malencontreuse; les princesses Auguste et Marie qui en parlaient favorablement ont reçu des rebuffades. On disait qu'il y aurait du tapage au théâtre, où les uns voulaient applaudir, et les autres, espérait-on, siffleraient. Le passage à Trèves a déjà été, dit-on, marqué par un incident du même genre. Cependant nos princes, malgré leur mauvaise humeur, seront fort polis, la volonté du roi à cet égard ayant été trop formelle. La reine des Pays-Bas, qui est justement ici et qu'on croyait la plus montée, donne le bon exemple et déclare vouloir recevoir les étrangers. — L'ambassadeur M. Bresson, et M. Humboldt avaient déconseillé ce voyage; sa mise à exécution paraît être un coup du prince de Metternich qui a besoin, dans les affaires d'Orient, du concours de la France, mais en même temps aimerait ménager la Russie ; aussi il met en avant la Prusse après laquelle la réception des princes français à Vienne devient une chose nécessaire. Ce n'en est pas moins un événement d'une grande importance par l'effet qu'il produira sur les esprits. Chacun ne manquera pas de se dire, que notre cour n'a pas les principes qu'elle a défendus jusqu'à présent, ou que, les ayant, elle est trop faible pour les soutenir. Dans l'un et l'autre cas, résultat fâcheux !

Humboldt à la princesse Pückler.

Mardi 2 mai 1837.

J'arrive cette nuit même de Potsdam et j'accepte avec plaisir l'offre aimable de Madame la princesse, pour demain mercredi soir, à 8 heures précises, car le spectacle dure une heure... Je crains de prendre jeudi, vu l'incertitude des perturbations planétaires. Toutes les personnes que vous voulez bien choisir me sont agréables ; je prierai seulement Madame la princesse de ne pas inviter Rauch, Gans, et M. et Mme de Rühle, parce que déjà ils ont passé par cet ennui. M. Varnhagen ajoutera qui il voudra. Rien ne surpasse le tact qu'il a pour deviner qui pourrait avoir quelque indulgence à m'écouter. Mille respectueux et affectueux hommages.

3 mai 1837.

Journal de Varnhagen. — Ce soir a eu lieu chez la princesse Pückler la lecture de Humboldt dont on parle depuis si longtemps ; elle a été belle et a fait la meilleure impression. J'ai parlé avec le général de Rühle sur Humboldt ; il a été complétement d'accord avec moi ; « ce n'est que quand il sera mort qu'on saura ce qu'on avait en lui. »

M. de Humboldt est venu hier chez moi et il m'a apporté la petite brochure tirée à 25 exemplaires du ministre de Kamptz, *Casus in terminis*, où il met sous son meilleur jour le changement de trône en France et justifie le mariage avec le Mecklembourg. Ceci est tellement contre les principes de Kamptz qu'on pourrait dire de lui : « S'il était à double il mettrait sous clef son autre lui-même. » On ne manque pas de faire opposition au mariage. Le duc Charles de Mecklembourg a formellement intrigué à l'encontre et essayé de former une ligue entre les familles de Mecklembourg et de Prusse, une association et un engagement contre tous les mariages avec la famille d'Orléans, on a même parlé d'une protestation dans les règles. Tout cela contre la volonté formellement exprimée du roi! Le duc Charles est réellement malade, de dépit, non pas seulement de cette affaire, mais aussi d'autres.

Humboldt à Varnhagen.

Berlin, 16 mai 1837.

Enfin, mon cher ami, je peux vous renvoyer la partie des publications académiques qui contient la dissertation si importante sur l'histoire. Bientôt je troquerai cette partie empruntée contre une autre que vous pourrez garder. Il semble qu'il n'y ait jamais eu de réimpressions séparées. Vous vous êtes éclipsé si vite après le dernier spectacle, que je crains fort que votre sortie dans ce malheureux jour ait été un sacrifice que vous m'avez fait. Pour moi j'oscille perpétuellement entre Potsdam et Berlin. Demain je retourne de nouveau à Potsdam où nous attendons (le 16) l'aimable princesse qui sème la discorde dans le camp des Hellènes, et qu'on se réjouira de ne pas trouver *à beaucoup près* assez belle.

Tout à vous.

Mercredi.

Je savais depuis longtemps que le général Bugeaud ne parlait pas français, je vois à présent que sa véritable langue est le mongol. Quelle proclamation timuride à *l'armée civilisatrice.*

Humboldt à Varnhagen.

Mercredi 17 mai 1837.

La princesse Hélène, par sa grâce et par la supériorité de son esprit, a vaincu hier plus d'un endurci. C'était plaisant de voir bien des gens s'efforcer d'être sérieux et dignes, — pour n'avoir l'air que sots. Ce qui m'a surtout fait plaisir, c'est qu'elle m'a paru partir avec infiniment d'entrain pour sa

2

nouvelle patrie. J'aimerais à ce qu'elle passât le Rhin plus seule. La mère est bonne et instruite, mais timorée ; il y a encore d'autres figures de l'entourage qui devraient rester de ce côté-ci du Rhin. Heureusement dans le grand monde en France on est tout à fait exempt de cette petite moquerie et de cette manie de blâmer qui règne à Potsdam et à Berlin, où des cervelles vides d'idées se repaissent pendant des mois d'un fantôme créé par quelque imagination sans portée.

Humboldt à Varnhagen.

Dimanche 22 octobre 1837,
à deux heures du matin.

Après huit jours passés à Potsdam, lesquels m'ont fort découragé, je trouve votre aimable souvenir. Recevez-en, mon cher ami, encore ce soir mes remerciements les plus chauds ; vous avez loué en moi ce à quoi je m'efforce sans cesse d'atteindre, à ne pas devenir fossile tant que je puis encore me mouvoir et demeurer ferme dans ma croyance « que la nature a attaché sa malédiction à l'immobilité. » La jeunesse est le symbole du progrès, et ceux qui gouvernent (les lions humanitaires de Berlin) *sont des momies en service extraordinaire.*

Bonne nuit.

9 août 1838.

Journal de Varnhagen. — Humboldt me raconta pendant une longue visite les nouvelles de Töplitz. Le roi de Prusse et l'empereur de Russie ont tous deux évité de se trouver seuls ensemble, craignant mutuellement leur embarras. L'empereur a parlé à plusieurs reprises du ton d'un grand mépris du gouvernement actuel en France, et d'un ton peut-être pire encore du roi Louis-Philippe. Le prince de Metternich était léger et distrait, sans soucis pour le présent, mais nourrissant la crainte qu'à la mort de Louis-Philippe les affaires ne prissent une tournure nouvelle, auquel cas la guerre deviendrait inévitable.

« Veut-il d'abord persuader cela aux autres, demandai-je? » Avec Metternich il faut toujours commencer par examiner jusqu'à quel point une opinion va à sa position du moment. »

19 avril 1839.

Aujourd'hui j'ai fait visite à Humboldt qui m'a raconté une foule de choses ; il m'a montré un portrait d'Arago qui m'a fait grand plaisir ! Il m'a beaucoup parlé des complications entre la Russie et l'Angleterre aux Indes et en Perse, et m'a raconté ce qu'il avait entendu dire là-dessus à l'empereur de Russie lui-même ; l'empereur était très-irrité contre les Anglais, et mettait le plus grand prix à contrecarrer leur domination en Asie. Humboldt dit que j'ai raison quand je prétends qu'il se passera bien encore cinquante bonnes années avant qu'un danger sérieux menace les Anglais dans l'Inde de la part des Russes, mais que la crainte du péril pourrait bien amener une rencontre en Europe, quand même des deux côtés on y pensera à deux fois avant de pousser les choses jusque-là.

Le 25 mai 1839, j'ai rencontré Humboldt sous les tilleuls ; nous avons babillé longtemps. Il m'a raconté qu'à la cour, à l'exception du roi qui ne parle jamais mal des morts, et du prince royal qui a laissé échapper même une parole de regret, on a parlé abominablement de la mort de Gans[1] ; les autres princes se sont réjouis ; la princesse de Liegnitz a parlé aussi avec beaucoup de malveillance.

Humboldt à Varnhagen.

Vendredi 13 septembre 1839.

Monsieur Piaget m'a laissé une impression fort agréable ; sa place est marquée plutôt au collége français comme professeur de littérature ou d'histoire où il serait plus utile sans ce pédantesque examen de régent qui vient à la traverse. Je

[1] Professeur d'histoire qui appartenait à l'opposition la plus avancée.

ferai tout mon possible auprès de M. de Werther, que cette moustache peu littéraire et ces longs cheveux plats, genre mer du Sud, préviendront bien un peu contre notre homme.

C'est vraiment singulier que les conseils de Neuchâtel déconseillent au cabinet M. Piaget, *par jalousie de métier*?

Humboldt à Varnhagen.

Mercredi 18 mars 1840.

Un pamphlet sans goût de M. Gretsch contre Melgunoff et contre le livre à moi inconnu de Kœnig, le dit pamphlet plein de Sibérie, de strangulation, de fonds secrets et de patriotisme russe ; une insupportable rapsodie. Ce livre serait capable de me réconcilier avec M. Melgunoff à qui je gardais cependant certaine petite rancune. Je n'ai, il est vrai, conservé aucun souvenir de lui ni de ma conversation avec lui, mais il faut qu'il ait singulièrement interprété mon langage et qu'il l'ait attifé à l'imitation du sien, pour me faire m'élever contre l'homme dont j'admire en tous lieux les dons spirituels, la douceur du style et des mœurs. Est-il croyable que j'aie été me déclarer contre vous dans la seule conversation que j'ai eue avec un homme qui m'apportait une lettre de votre part ! Qui me connaît ces imprudentes habitudes orénoquiennes?

Marheineke a fait aussi une campagne dans les feuilles critiques plutôt contre Savigny que contre Stahl. L'air est très-vif et les *noirs* ne sont pas endurants.....

Raumer (Charles) a publié des *croisades*, des croisades contre les géognostes ; les Sarasins sont Léopold de Buch (votre nouveau converti) et moi.

Tout à vous.

Et Sintenis à Magdebourg, et le conseil de Neuchâtel qui a fait interdire le déluge, tout cela en 1840. Trois comètes ne sont donc pas suffisantes.

J'ai eu une lettre du marquis de Clanricarde de Pétersbourg,

5 mars : « depuis cinq semaines on n'a pas entendu parler de l'expédition de Chiwa. » — « *It is purely an attack upon the Khan whom they propose to dethrone and to put his brother in the place.* » Vous voyez, il veut avoir l'air fort tranquille ! Une politique à l'eau de rose !

Dimanche 11 avril 1840.

Journal de Varnhagen. — Humboldt me raconte les tristes menées de la noblesse rhénane westphalienne, vers laquelle incline le prince royal ; il entre dans son plan de fonder pour les nobles un grand institut d'éducation où les jésuites puissent se nicher. — A l'observation de M. de Humboldt que le prince royal, dans sa distraction, n'avait pas l'air d'avoir pensé que la maladie du roi pût entraîner un changement important, le ministre de Rochow répondit : « Oh ! oui, il y a bien pensé et il tient bien des choses prêtes, qu'il mettra de suite à exécution, notamment dans les affaires de l'église il prépare des mesures auxquelles j'aurais dû m'opposer de toutes mes forces. »

Humboldt à Varnhagen.

13 avril 1840.

Le prince royal, mon cher ami, me charge de vous offrir tous ses remercîments pour votre intéressante communication. Le comte Alvensleben était présent. Tous ont jugé la lettre très-honorable pour vous et trouvé votre description du congrès fort remarquable par la simplicité du récit d'un événement digne de mémoire. « *Et tout cela prouve que ma fille est muette* » et qu'on appréciera un talent comme le vôtre [1], pour regretter à votre mort, comme on a fait pour mon frère, de n'avoir pas pensé plus tôt à le mettre à profit. *Cosi va il mondo.* Je suis complétement enquakeré ; Mistress Fry et William Allan font de petits prêches dans les maisons de correction (les plus hi-

[1] Talent de classification, d'exposition, de sagesse éprouvée.

deuses que la quakeresse ait encore jamais vues) et de petits traités contre ceux qui boivent de l'eau-de-vie.

Humboldt à Varnhagen.

Berlin, mardi dans la nuit,
ce 27 octobre 1840.

Si vous ne m'avez pas vu apparaître depuis si longtemps ni avant ni après mon expédition au Nord [1], la raison en est dans ces impossibilités de la vie contre lesquelles on lutte en vain. Tout de suite après les fêtes je voulais courir chez vous, mais l'incertitude où j'étais si j'irais à Paris (ce que je refusai, vu qu'alors la chose ne devait être honorable ni pour le roi, ni pour moi, une fois que la Prusse ne peut paraître d'une façon indépendante!), le départ prochain de Bülow, l'arrivée du général malade de Hédemann et de sa famille, ont dérangé tous mes projets. Demain matin à huit heures je repars et vais habiter Sans-Souci, j'espère seulement pour peu de jours; aussi je prends la plume dans le but de vous dire quelques mots d'amitié.....

Je vous suis sincèrement reconnaissant des nouvelles que vous me donnez de Grimm. Il m'est fort important de connaître la position exacte des affaires. Pendant les mois que j'ai habité la *colline historique*, entouré des éléments les plus hétérogènes, je me suis constamment avancé dans une seule et même direction. A l'endroit des Grimm ce n'est pas moi mais d'autres que le roi avait chargés de ses commissions; comme au retour de Königsberg on n'avait encore rien fait, j'ai envoyé mes mémoires au roi sur ce qui s'était passé, lui montrant la nécessité dans des choses qui émeuvent tous les cœurs de faire de certaines démarches personnelles et d'appeler les deux Grimm, Albert et Dahlmann [2]. Pour Dahlmann il n'y

[1] Le couronnement à Kœnigsberg où avait été M. de Humboldt.

[2] M. de Humbold fait ici allusion aux sept professeurs : Ewald, deux frères Grimm, Gervinus, Albert, Dahlmann et Elbinger, qui, pour avoir

avait que peu d'espérance. Albert a été appelé, il n'a pas accepté, il a prétexté sa reconnaissance pour la Saxe; ç'aurait été une satisfaction pour les sept qu'Albert devînt professeur à Berlin. Pour les Grimm, le roi a la ferme résolution que le ministre Eichhorn leur offre à tous les deux de venir à Berlin; ils vivent ensemble comme mari et femme, on leur offrira la pension qu'ils demanderont eux-mêmes; comme pour Tieck une négociation pareille doit être menée délicatement .... Ce qui fait au moins honneur à l'administration Ladenberg, c'est que j'ai pu l'amener à proposer Dahlmann pour Breslau où il y a une vacance.......

Je ne sais, mon cher ami, si vous pourrez ou voudrez lire ces lignes, dont le sens vaut mieux que le langage? Vous qui êtes diplomate je n'ai pas besoin de vous conjurer de ne pas lire ma lettre à l'enfant (Mme Bettina d'Arnim), mais elle doit savoir que je ne m'épargne pas à arranger l'affaire.

Il est arrivé un affreux malheur: le fils unique de mon ami Bessel, l'astronome, un garçon de vingt-cinq ans, mathématicien distingué, est mort hier d'une fièvre nerveuse.

Arago à Humboldt.

Paris, 12 mars 1841.

Je ne dois pas, je ne veux pas croire que tu m'aies demandé sérieusement (je lui avais demandé s'il croyait possible que la différence de nos vœux politiques [la guerre avec l'Allemagne] pût troubler nos relations. *Note de Humboldt.*) si je verrais avec plaisir ton voyage à Paris. Est-ce donc que tu douterais de mon invariable attachement? Sache que je regarderai toute incertitude sur ce point comme la plus cruelle injure. En de-

protesté contre les actes inconstitutionnels du gouvernement de Hanovre, furent obligés de quitter l'université de Göttingen. Des marques de sympathie de toute l'Allemagne, adressées aux sept professeurs démissionnaires, ne tardèrent pas à flétrir justement la conduite du roi Ernest-Auguste. (*Note du traducteur.*)

hors de ma famille, tu es, sans aucune comparaison, la personne du monde que j'aime le plus tendrement. Il faut aussi te résigner, tu es le seul de mes amis sur lequel je compterais dans des circonstances difficiles. Je suis vraiment heureux de la pensée que je passerai quelques soirées avec la personne à qui je dois mon goût pour la météorologie et la physique du globe. Il y aura pour toi un lit à l'Observatoire. Le pauvre Savary est dans un état déplorable. Le médecin m'assure que sa maladie de poitrine ne permet aucun espoir. Quel malheur!

Tu arriveras à Paris à l'ouverture de mon cours d'astronomie. Mon nouvel amphithéâtre est d'un luxe scandaleux.

Je suis charmé de la guérison du pauvre Scheiffer (est-ce ainsi?), ton bon cœur t'a toujours créé une nombreuse famille.

Adieu, mon meilleur ami. Mon attachement pour toi ne finira qu'avec la vie.

F. Arago.

Humboldt à Bettina d'Arnim.

Samedi 21 novembre 1840.

Comment pouvez-vous douter, Madame, que je ne serais pas reconnaissant des communications au sujet de la situation vraie d'hommes au noble cœur, à qui, après tant d'outrages et un si long et si coupable oubli, on veut enfin assurer une position indépendante. J'ai cru que, pour une position de ce genre, à Berlin, trois mille écus étaient nécessaires. C'est dans ce sens que j'ai continué de travailler. Le roi a pour principe, dans les affaires financières, de ne jamais prendre une décision par lui-même; comme tous les princes, il n'a nullement la mesure de ce dont les savants ont besoin. Les grands esprits qu'on s'efforce de rassembler autour de soi ont les mêmes besoins prosaïques que les petits esprits. Veut-on la fin, il faut vouloir les moyens, et cela surtout dans une chose qui attire sur elle tous les yeux et va de pair avec l'honneur du pays. Le ministre Eichhorn, à qui seul incombent les décisions, se réjouit de l'arrivée des Grimm. Il a déjà été jadis dans les relations les plus amicales avec Jacob Grimm. Il n'y a pas plus d'une heure que j'ai été encore chez lui pour défendre mes vues. Il assure qu'il mènera tout à bonne fin, mais qu'il faut avoir confiance en lui et le laisser faire. Recevez, Madame, l'expression de mon respect et de tous mes sentiments de reconnaissance.

AL. HUMBOLDT.

30 avril 1841.

Journal de Varnhagen. — Humboldt a beaucoup d'ennemis aussi bien parmi les savants qu'à la cour. Sans cesse on essaie de le noircir; quelqu'un ouvre-t-il décidément la bouche pour faire son éloge, le blâme cesse bien vite vu que personne ne se trouve en état de le soutenir longtemps. Dernièrement, un monsieur me disait qu'il ne savait ce qu'il devait penser de Humboldt, ne pouvant asseoir sur lui son jugement; je lui répondis : « Pensez de lui le mieux possible, attendez de lui ce qu'il y a de mieux et vous serez sûr d'être proche de la vérité! » Une seconde personne disait dans une autre circonstance, d'un ton de moquerie : « Avant de venir à Berlin Humboldt était un grand homme, depuis qu'il y est, il n'est plus qu'un homme ordinaire. » Sur quoi Maurice Robert rappela ce que Rahel a souvent dit : « A Berlin, rien ne se maintient, tout y baisse, y devient mesquin, et le pape vînt-il à Berlin il n'y resterait pas longtemps pape, il y deviendrait une sorte de préparateur. »

2 décembre 1841.

Continuation du *Journal de Varnhagen.*—Humboldt est venu hier chez moi. Il m'a fait des histoires de Paris. Il m'a parlé de nos affaires d'ici, il songe sérieusement à se retirer, il sait fort bien que son nom seul a quelque valeur pour le roi mais que son influence est distancée par celle d'autres. Thiers lui a dit à Paris. On parle bien de la France révolutionnaire, il me semble cependant que la Prusse est assez joliment agitée. De fait Humboldt trouve que l'esprit public s'est gâté ici d'une façon effrayante, le roi a des ennemis jusque dans les classes très-élevées. Le ministre Eichhorn attire sur lui la haine générale et joue à la cour un pauvre rôle. Il paraît maintenant hors de doute que Bunsen ira comme ambassadeur en Angleterre.

3 décembre 1841.

Ce soir, Humboldt a fini par me dire, avec une mélancolie profonde : « L'air du soir est pour moi trouble et pesant. » C'est dur d'être Humboldt au faîte des honneurs, au comble de la gloire et de devoir en venir à un aveu pareil ! C'est que vraiment il ne goûte guère de joie et il n'y a que sa gaieté satirique qui lui rende la vie encore supportable.

24 février 1842.

Journal de Varnhagen.— Humboldt m'a fait de charmants récits de l'Angleterre[1] ; à la cour règne la plus grande magnificence, bien que la vie y soit simple et sans prétentions; la conversation y est facile et le ton en est singulièrement amical et bienveillant entre les messieurs et les dames, même de partis opposés. Peel ne lui plaît pas, déjà autrefois il ne lui plaisait pas, il ressemble à un Hollandais, est plus vain qu'ambitieux et a de petites vues[2]. Lord Aberdeen est un muet obstiné, qui ne réussit pas par son silence à faire croire qu'il pourrait dire beaucoup de choses sensées. Bunsen a commis les plus grands manques de tact ; tout le monde est contre lui, mais le roi est plus que jamais pour lui. « Le voyage entier du roi a été une intrigue de Bunsen, » disaient les Anglais eux-mêmes. Sur nos affaires d'ici on délibère beaucoup, on soupçonne bien

[1] Humboldt avait accompagné le roi de Prusse en Angleterre où ce souverain s'était rendu pour le baptême du prince de Galles.

[2] Peel n'avait point encore présenté alors son célèbre bill de réforme.

des choses, on en affirme d'autres. Pour prendre le ministère des affaires étrangères on a fait venir provisoirement le pieux Arnim de Bruxelles; plus tard on nommera Canitz—ou Bunsen, dis-je. Le comte d'Alvensleben ira à Vienne, Radowitz se rendra à Carlsruhe jusqu'à ce que l'ambassade à la Diète soit vacante. Peut-être n'a-t-on pas encore le courage de congédier Bulow et de prendre Bunsen, bien que chaque mois, chaque semaine doive enhardir en ce sens, et à la fin les deux choses se feront. — Il ne faut pas penser au rétablissement de Maltzan, à des jours meilleurs succèdent des pires, les moments lucides font place à un nouvel égarement. C'est un triste état.

Humboldt à Varnhagen.

Berlin, lundi 28 février 1842.

Je désirais, mon noble ami, avoir deux lignes au sujet de votre état qui m'inquiète. J'ai procuré une pension de trois cents écus (pension misérable, mais c'est pour le moment) au poëte Freiligrath de Darmstadt, il est plein de talent et vit à l'étranger sans aucune ressource. Pouvez-vous me prêter ses poésies.

Note de Varnhagen. — Mardi, ayant envoyé à Humboldt le *Journal des Débats* avec un feuilleton où Philarète Chasles habillait la littérature allemande et ses plus grands écrivains d'une façon sotte et vulgaire, il me répondit le mot suivant :

Et c'est sous le ministère Guizot que ce misérable (Elende) est devenu *professeur des langues du Nord* (*littérature anglaise, allemande*) au *Collége de France*. Gardez seulement cette polissonnerie sans sel et sans goût.

Humboldt à Varnhagen.

Berlin, 21 mars 1842.

Je vous dois quelques réponses au sujet de l'histoire de ma vie, à laquelle je ne pense pas sans quelque effroi, non pas tant par des considérations politiques que de famille. Cet homme n'aura pourtant pas la volonté d'en affliger tant d'autres.

Guillaume est né à Potsdam, vu que mon père, chambellan royal, était en même temps chambellan de service auprès de la princesse Élisabeth de Prusse. Il quitta Potsdam quand la princesse fut reléguée à Stettin. Mon père continua de demeurer dans la plus grande faveur du prince de Prusse, qui venait le visiter régulièrement toutes les années à Tegel. Ceci vous explique le passage de la dépêche anglaise (je crois 1775). « Hertzberg et Schulenbourg pourraient former un ministère, au moins auraient-ils pour eux toutes les probabilités de succès, alors même qu'ils ne sont pas de l'espèce de ceux qu'on regarde comme les favoris du prince. Au nombre des premiers on compte M. de Humboldt, autrefois employé dans l'armée alliée, un homme de moyens médiocres et d'un beau caractère; M. de Hordt, un génie entreprenant, etc.... » Le mot d'employé est une singulière bévue; mon père, après avoir longtemps servi dans le régiment de dragons de Finckenstein, devint major et adjudant du duc Ferdinand de Brunswick; il fut pendant les plus mauvais moments de la guerre de Sept ans souvent envoyé par le duc à Frédéric, ce qui fait que celui-ci écrivait, au sujet de la *déconfiture* de Wedel : « J'ai dit à Humboldt tout ce qu'on peut dire à cette distance » (Lettres inédites de Frédéric le Grand). Ma famille est de la Poméranie supérieure. Mon frère et moi avons été longtemps les derniers de notre nom. Ma mère était une Colomb, cousine de la princesse Blücher, nièce par conséquent du vieux président à Aurich. Elle s'était mariée en premières noces avec un baron de Holwede. De ce mariage naquit mon demi-frère Holwede, autrefois dans le régiment des gendarmes. Ma mère a le mérite de nous avoir, sur les conseils du vieux conseiller intime Kunth, fait donner une éducation excessivement soignée. Guillaume, dans ses premières années, fut élevé par Campe qui était notre précepteur. Löffler, qui était alors aumônier des gendarmes, et l'auteur d'un livre librement pensé, sur le nouveau platonisme des Pères de l'Église, jeta pour Guillaume les premières bases de ses études grecques. A côté de Löffler, Guillaume avait encore Fischer vom Grauen Kloster, un homme qui, ce qu'on ne sait guère, était à côté du grec fort versé dans les mathématiques. Engel, Reitmeier, Dohm et Klein nous firent de longs cours sur la philosophie, la jurisprudence, la science du droit, mais ceci vous est connu. Nous passâmes six mois à l'université dans la maison de Löffler à Francfort, où il était professeur; à Göttingen, nous fréquentâmes tous deux le séminaire philologique de Heyne.

Tegel appartenait à mon père (c'était un ancien château de chasse du grand électeur que mon père n'avait pris d'abord qu'à bail emphytéotique, Guillaume est le premier qui l'a possédé comme fief, aussi Schinkel y fit quatre tourelles pour conserver une vieille tour du temps du grand électeur), mon père avait encore Ringenwald, près de Soldin dans la Neumark. Plus tard Ringenwald m'a appartenu, puis a passé aux comtes Rude et Achim Arnim. Guillaume, à sa mort possédait Tegel, Burgörner et Auleben (ce dernier acquis par sa femme), Hadersleben, dans la province de Magdebourg, et le château d'Ottmachau en Silésie qui lui fut donné en dotation après la paix de Paris.

Humboldt à Varnhagen.

Berlin, 6 avril 1842.

Le constitutionnel roi des Landes (Ernest-Auguste de Hanovre) a dit de nouveau hier à sa table devant quarante personnes, que les professeurs de Göttingen lui avaient parlé dans une adresse de leur patriotisme : « Les professeurs n'ont point de patrie; des professeurs, des ...... et des danseuses, on peut en avoir partout pour son argent, ils vont là où on leur offre quelques gros (Groschen) de plus. » Quelle honte de nommer cet homme-là un prince allemand.

Tout à vous.

18 mars 1843.

Journal de Varnhagen. — Humboldt est de retour de Paris, il est venu me visiter aujourd'hui, il a fort vieilli depuis que je ne l'ai vu ; mais son esprit et son courage sont toujours alertes et frais. Il s'est amusé à Paris ; ici la tristesse l'a bien vite repris ; ce qu'il a trouvé est suivant son dire pitoyable, c'est l'ancienne manière de s'occuper de choses dangereuses avec un plaisir d'enfant. En outre, il est assailli de plaintes et de demandes, chacun veut qu'il parle pour lui, qu'il emploie pour lui son influence. « De l'influence! s'écrie-t-il — personne n'en n'a. Bunsen et Radowitz eux-mêmes, ces favoris du roi, n'en ont point, ils ne peuvent rien sinon nourrir les chimères et les faiblesses, les servir et leur sacrifier ; s'ils voulaient quelque chose en dehors de là, c'en serait bientôt fait d'eux. Le roi agit suivant qu'il veut, suivant des idées préconçues, et le conseil qu'il écoute cependant n'est rien pour lui. Il parle avec mépris de Savigny et d'Eichhorn, comme de serviteurs hypocrites, qui se laissent mener par Thile, par Gerlach, par Hengstenberg. Le roi n'a abandonné aucun de ses plans, et veut à chaque instant faire des essais nouveaux avec les juifs, avec la célébration du dimanche, avec la consécration des évêques à la façon anglaise, avec les ordres nobiliaires, etc. Il nourrit des plans comme s'il devait vivre cent ans, pense à d'immenses constructions, à planter des jardins, à des entreprises artistiques, à des voyages ; une visite à Athènes a déjà été sur le tapis et je vois poindre sur l'arrière-plan certain pèlerinage à Jérusalem! des expéditions napoléoniennes toutes pacifiques à Londres, à Saint-Pétersbourg, en Orient, et, en place de pays, des savants et des artistes pris et conquis! L'art et l'imagination sur le trône ; alentour l'hypocrisie fanatique, et en jeu la fausse dévotion et ses abus! A côté de cela *l'homme* qui est vraiment spirituel, aimable, rempli des meilleurs intentions ! — Qu'adviendra-t-il de toutes ces choses ? »

M. de Bresson à M. de Humboldt.

Berlin, 6 février 1839.

Chère Excellence,

Je suis heureux de pouvoir vous envoyer aujourd'hui un article plus digne de vous que celui d'hier. Gardez ce numéro des *Débats*. Je n'en fais pas collection . . . . Voici les adieux, les derniers, de M. de Talleyrand à Fontainebleau, le 2 juin 1837 : « Adieu mon cher Bresson, restez à Berlin aussi longtemps que possible ; vous êtes bien, ne cherchez pas le mieux. Il y aura bien du mouvement dans le monde : vous êtes jeune, vous le verrez. » Je vous cite ces paroles parce qu'elles rentrent dans l'esprit de votre billet, dont je vous remercie encore et qui devient pour moi titre de famille.

B.

(*Remarque de Humboldt.* Lettre du comte Bresson, ministre de France à Berlin. Je l'ai conservée à cause de quelques mots de M. de Talleyrand. J'avais écrit à M. Bresson que la position en France est des plus graves, que je crois encore à la paix, parce qu'à côté de la sagesse des gouvernants il y a de la médecine expectante, de la mollesse et de la prudence timorée. Que ces choses ne peuvent cependant agir que pour un temps limité, et que ceux qui sont jeunes, comme lui, verront en action ce qui court aujourd'hui comme velléités nationales à racines profondes.)

Arago à Humboldt.

Paris, 19 août 1844.

Mon cher ami

. . . .

. . . .

J'apprends avec chagrin que tu n'es pas content de ta santé. La mienne est détestable et je m'en inquiète peu. Tout ce que je vois journellement dans ce bas monde, de bassesse, de servilité, d'ignobles passions, me fait envisager avec sang-froid les événements dont les hommes se préoccupent le plus. La seule nouvelle qui pourrait aujourd'hui me tirer de mon spleen serait celle — de ton voyage à Paris.

Juin 1844.

Journal de Varnhagen. — Dernièrement, à la table du roi à Sans-Souci, Humboldt a décoché deux bonnes flèches de son carquois, en voici une :

Le général Léopold de Gerlach, qui ne peut s'empêcher de taquiner, se permit dernièrement une de ses attaques contre Humboldt ; croyant l'embarrasser il lui dit : « Votre Excellence va à présent bien souvent à l'église? » à quoi Humboldt répondit sur-le-champ : « A présent ; voilà qui est fort aimable de votre part, apparemment vous voulez me montrer comment il faut s'y prendre pour faire sa carrière. » Le faux dévot demeura bouche close.

Humboldt à Varnhagen.

Berlin, jeudi 4 septembre 1845.

De retour de Potsdam je profite de mes premiers instants de liberté pour vous témoigner ma joie sincère au sujet de votre cure de bains et de ses heureux effets. Le contraste entre le malheur de ma famille et les fêtes de Bruhl et de Stolzenfels a été pour moi une rude épreuve! Je parlerai demain à Madame de Bulow de votre intérêt sincère. Les progrès dans la voie de l'amélioration ont marché à pas de géant. Exceptée une absence de mémoire, qui ne dure pas un jour entier de suite, on n'aperçoit aucun changement ; cependant les ménagements, la retraite et le calme sont pour lui toujours fort désirables. Fidèle à la dignité de son caractère, il se retire. Vous savez, mon noble ami, que déjà après l'acte de violence d'Itzstein il avait demandé sa démission, maintenant l'état des choses a encore bien empiré. La sortie de Bulow [1] est un événement

[1] M. de Bulow était ministre des affaires étrangères à Berlin.

triste, mais dans le nord de l'Allemagne la force des choses l'emporte trop, pour qu'un seul homme soit capable de beaucoup réconcilier. — Dites à M. le professeur Fichte que, quoique *Doctor philosophiæ* fort indigne, je n'en accepte pas moins avec reconnaissance ce qui me vient des campagnes du Wurtemberg, l'esprit y est libre.

Humboldt à Varnhagen[1].

Potsdam, 26 septembre 1845.

A son cher ami le conseiller intime de Varnhagen.

Les rois et les républiques.

Por lo que desio la conservacion de los Reyes desio la conservacion de ellos dentro de los limites permitidos. Un grave consejero disco al Rez Don Philippe II, viendo que iva en diversas ocasiones al poder absoluto: Señor, reconoced à Dios en la tierra como en el cielo, por que *no se cause de las monarquias*, suave govierno si los Reyes suavemente usan de él.

Papiers de Antonio Perez, p. 545.

Lors de l'insurrection des Pays-Bas on se demandait déjà « si les rois s'en vont. » Je vous traduis le passage d'Antonio Perez: « C'est parce que je désire la conservation des rois que je leur conseille de rester dans leurs limites permises. » Un prudent conseiller disait au roi Philippe II, voyant qu'en différentes occasions il tendait au pouvoir absolu: « Señor, reconnaissez la suprématie de Dieu sur la terre comme dans le ciel, afin que Dieu ne se fatigue pas des monarchies, genre de gouvernement très-doux, si l'on en use avec modération. »

El Dios del cielo es *delicado* mucho en suffrir compañèro en ninguna cosa y se pica del abuso del poder humano. Si Dios se causa de las monarquias, darà otra forma al mundo.

Le Dieu du ciel est trop jaloux pour souffrir un compagnon

[1] L'original de cette lettre est tout entier en espagnol et en français

dans une chose quelconque : il est outré de tout abus du pouvoir humain. Si Dieu se lasse des monarchies, il donnera au monde politique une autre forme.

Humboldt à Varnhagen.

Berlin, 7 février 1846.

C'est hier à midi qu'a eu lieu la mort de ce pauvre Bulow. Jeudi soir à 11 heures en se mettant au lit il est tombé mort entre les bras du chasseur. Un coup d'apoplexie ! Il a fermé les yeux pour ne les plus rouvrir. Son pouls donnait 140 pulsations. La saignée ne produisit rien. Sa fin a été comme ses derniers moments privée de toute connaissance. La famille est dans un chagrin profond, mais à tout prendre l'événement est heureux, parce que son excellente femme aurait succombé. Nous le porterons en silence mardi à Tegel sous la colonne où est l'espérance. Parmi tous les soucis que me cause cette mort, au milieu de toutes les lettres à écrire à Guizot, à Metternich, à Aberdeen, je n'ai pu répondre encore que quelques mots à la lettre pleine de cœur de Madame d'Arnim. J'ai peu d'espérance que les *vieux régents* à Weimar appellent Prutz ou Fallersleben [1] ; j'avais eu avant l'idée de Guhrauer, pour lequel vous éprouvez certainement de la sympathie ; vous savez depuis longtemps combien la nomination de Prutz (je ne connais pas personnellement Fallersleben) m'aurait rendu heureux......

Humboldt à Frédéric-Guillaume.

Berlin, 29 mars 1846.

J'ai déjà envoyé ce matin à huit heures à la rue de Köthen, pour avoir, d'après les communications intimes de Votre Majesté, un entretien avec le professeur Dahlmann au sujet de sa position. Il vient de me quitter et m'a laissé une admirable impression de son talent, de la clarté de ses idées, du feu

[1] Écrivains et poëtes allemands.

qu'il met à impressionner la jeunesse (cette éducation indestructible, éternelle de vieillesse et toujours renouvelée de notre humanité). Craindre tout feu inspirateur c'est déclarer vouloir enlever sa force nourricière à la vie publique. Le professeur M. depuis deux ans n'a pas vu le ministre M. Bodelschwingh, mais le ministre alors le traita fort amicalement, et Massmann désire, sans se faire valoir, pouvoir répondre à toutes les questions qu'on lui posera. Comme avec le caractère noble et ouvert de M. de Bodelschwingh, je me promets beaucoup de cet entretien, je dois prier très-humblement Votre Majesté de me faire savoir : si d'après vos ordres le ministre fera appeler le professeur M. ou s'il doit aller de lui-même chez le ministre. Je m'étonne qu'on ait pu oublier les mérites de Massmann à propos de la poésie au temps des Hohenstaufen et son talent d'exposition à l'université. Je trouve son éloge dans l'histoire de la littérature de Gervinus. Comment pourrait-il être dangereux à la jeunesse un homme que le roi de Bavière a placé pour leur éducation auprès de ses enfants et dont le prince royal dit qu'il a reçu les impulsions intellectuelles les plus heureuses eu égard à sa future position de souverain. Nous ne vivons pas dans un temps sombre mais sérieux. Toute nation est paralysée, quand la suspicion vous enlève vos forces les plus vives. Plein d'enthousiasme pour votre personne, lié à l'éclat de votre règne et à la gloire de la patrie, je m'afflige de voir vos plus nobles desseins courir le risque d'être méconnus. Il est vrai qu'il y a de fort honnêtes gens qui, par pur amour pour Votre Majesté, ne craindraient pas de me voir déjà à Tegel sous la colonne ou bien repasser le Rhin.

Apostille de la main du roi. Mes meilleurs remerciements, mon très-cher Humboldt. M. Bodelschwingh fera appeler Massmann. En toute hâte tout à vous.

La duchesse Hélène d'Orléans à M. de Humboldt.

Neuilly, 12 mai 1845.

Votre Excellence devra s'accommoder de me voir souvent la mettre en réquisition, — mais aujourd'hui c'est une grande indiscrétion que je veux commettre à votre égard — je réclame notamment que vous nous accordiez, à mon cousin de Weimar et à moi, le plaisir de nous faire visiter Versailles en votre savante compagnie — notre plan est de faire cette course jeudi — le soir le roi vous invitera à dîner et au spectacle à Trianon — si vous avez le courage d'entreprendre avec nous ce pèlerinage ainsi modifié, je prierai votre Excellence de se trouver jeudi à onze heures et demie à Neuilly, pour nous accompagner. Si d'autres occupations plus importantes devaient vous retenir, je demande un *aveu bien franc*. Que Votre Excellence veuille recevoir l'expression de mon respect le plus sincère.

HÉLÈNE.

Humboldt à Varnhagen.

Potsdam, 22 avril 1846.

J'ai été fort tranquillisé d'avoir pu lire l'œuvre en question avant *vous*, et bien que je doive attribuer une bonne partie de vos éloges si vifs et si aimables à cette délicatesse dont on aime à amuser un vieillard, il ne m'en reste pas moins au fond du cœur une dose notable de satisfaction. La chose principale à laquelle je vise c'est la composition, la manière de gouverner de grandes périodes groupées avec soin et connaissance de cause. L'art de se servir de notre admirable langue, souple, harmonieuse, pittoresque, ne vient qu'en second lieu. J'aurai sans doute l'occasion de profiter de votre excellent conseil pour Flemming et Madame de Sévigné. J'ai pris aussi avec moi l'emphatique Sénèque (*Quæst. natur.*) pour le parcourir. Me voici maintenant au but qui me fait écrire ces lignes. Le roi m'a dit hier au soir, en allant se coucher : « Faites savoir à

Bettina que, pour la principale personne (Mieroslawski), elle peut se tranquilliser. Il n'a jamais été question de le livrer aux Russes. » Moi. « Vous devriez bien le lui écrire vous-même. » Lui. « Oui, j'espère bien aussi le faire. » Et ce disant il fut très-aimable pour Bettina.

Mercredi.

Que ce huitième attentat est triste[1] ! c'est singulier qu'on tire si rarement sur les ministres et sur les conseillers de cabinet ! Des événements pareils sont d'autant plus pénibles que leur retour probable ou peu probable sort complétement du domaine du raisonnement.

Humboldt à Varnhagen.

Potsdam, 14 novembre 1846.

Quel éclatant accueil le cinquième volume de mon frère n'a-t-il pas trouvé auprès de vous, mon cher ami ! Pardonnez-moi si mes dures occupations de ces derniers jours sur la froide *colline de l'histoire*, ne m'ont pas permis de vous écrire quelques mots de remerciements. Moi aussi je regrette les lacunes que vous me signalez avec tant d'amitié. Je pense que dans le volume suivant on pourra y suppléer ! On a cru pouvoir imprimer les lettres comme mon frère les avait préparées lui-même pour être livrées à la publicité et comme elles ont été offertes à l'éditeur. Je crois que chez aucune nation on ne trouvera de vie aussi complétement vouée à enrichir le domaine des idées. Comme je me réjouis de l'espérance que je vais tenir bientôt un chef-d'œuvre de diction, concise, vive et pourtant sentie, tracé de votre main !

HUMBOLDT.

S'il n'a pas été fort sage à un grand monarque, au nom historique, en face des souvenirs des barricades, de ne pas savoir

[1] Dernier attentat contre le roi Louis-Philippe, celui de Lecomte dans la forêt de Fontainebleau.

résister à la tentation de donner un spectacle à la Louis XIV, sans crainte d'augmenter la tâche de son successeur, la conduite de Palmerston et des Albert-Victoria n'en n'est pas moins grossière et malapprise. Pendant ce temps les Anglo-Américains, bien avisés, fondent un empire occidental qui menace le commerce de la Chine.

1846. *Journal de Varnhagen.* « On parlait des capacités d'un jeune prince de *** et l'on disait qu'elles étaient médiocres. Humboldt prétendit que non : « Je suis obligé de vous contredire, répliqua-t-il à la personne, le jeune prince m'a parlé il n'y a pas longtemps ; il me trouva que j'attendais dans le salon de sa mère et me demanda : « Qui êtes-vous ? » Moi. Je m'appelle Humboldt. — « Et qu'êtes-vous ? » Moi. Je suis chambellan de Sa Majesté le roi. — « Pas autre chose ? » ajouta brusquement le prince qui tourna sur les talons et s'en fut ; voilà qui évidemment dénote des moyens ! »

Metternich à Humboldt[1].

Vienne, mai 1846.

Mon cher baron !

Vous trouvez ci-joint mon vote[2]. Je le donne en conscience et vous absous du crime de l'intrigue électorale qui court le monde. — Le roi et son chancelier sont des appréciateurs intègres du mérite scientifique, et je sais marquer la place qui m'appartient dans les avenues de la science et qui, à mon vif regret, est loin du sanctuaire !

Ce que je viens de vous dire, mon cher baron, n'est ni de la forfanterie ni un excès de modestie, c'est tout bonnement l'histoire de ma vie, vous ne la connaissez pas cette histoire, et je vais vous la conter en peu de mots.

J'ai, dans l'âge où la vie prend une direction, éprouvé un penchant que je me permettrais de qualifier d'irrésistible pour

[1] L'original de cette lettre est en français.

[2] Le prince a voté pour M. Hermann, de Leipzig. (*Note de Humboldt.*)

les sciences exactes et naturelles, et un dégoût que j'appellerais absolu pour la vie d'affaires proprement dites, si je n'avais vaincu mon dégoût et résisté à mon penchant. C'est le sort qui dispose des hommes et leurs qualités comme leurs défauts décident de leurs carrières. Le sort m'a éloigné de ce que j'aurais voulu, et il m'a engagé dans la voie que je n'ai point choisie. Une fois lancé, je me suis soumis sans perdre de vue ce vers quoi portèrent mes inclinations, et il en est résulté que ce que j'eusse désiré pouvoir regarder comme le but de ma vie intellectuelle, n'en est devenu que le soulagement. Le roi m'a imprimé la marque d'un savant. Je sais à quoi m'en tenir à cet égard. S'il s'agit du cœur, le roi ne s'est point mépris.

Ce que vous me dites de la prochaine apparition du second volume du *Cosmos* m'en fait attendre l'étude avec un vif désir; on ne vous lit pas, on vous étudie, et la place d'un écolier me va en plein. Personne n'est plus appelé que je le suis à rendre justice à votre remarque relative à l'influence que le christianisme a exercée sur les sciences naturelles [1], comme sur l'humanité entière, et dès lors sur toutes les sciences, car cette remarque s'est depuis longtemps fait jour en moi. Elle est d'une complète justesse, et sa cause génératrice est simple comme le sont toutes les vérités, celles aperçues comme celles inaperçues, circonstances qui ne changent rien à l'essence d'une vérité. Le faux mène au faux, comme le vrai conduit au vrai. Aussi longtemps que l'esprit s'est maintenu dans le faux, dans la sphère la plus élevée que l'esprit de l'homme puisse atteindre, les conséquences de ce triste état ont dû réagir dans toutes les directions morales, intellectuelles et sociales, et opposer à leur développement dans la droite voie un obstacle insurmontable. *La bonne nouvelle* une fois annoncée, la position a dû changer. Ce n'est pas en *divinisant les effets* que ceux-ci ont pu être suivis dans la voie de la vérité ; leur re-

[1] J'avais dit sur la vivacité du sentiment de la nature ; j'avais comparé Saint-Basile à Bernardin de Saint-Pierre. (*Note de Humboldt.*)

cherche est restée circonscrite dans la spéculation abstraite des philosophes et dans la verve des poëtes. *La cause*, une fois mise à couvert, les cœurs se sont mis en repos et les esprits se sont ouverts. Ceux-ci sont longtemps encore restés enveloppés dans les brouillards de la sceptique païenne quand enfin la philosophie scolastique a été débordée par la science expérimentale. Trouvez-vous mon raisonnement juste? Si vous le trouvez, je ne suis pas en doute que vous ne partagiez ma crainte, que les progrès scientifiques véritables courent le risque d'être arrêtés par des esprits trop ambitieux, qui veulent remonter des effets à la cause, et qui, trouvant la route coupée par les limites infranchissables que Dieu a posées à l'intelligence humaine, ne pouvant avancer, se replient sur eux-mêmes et retournent à la stupidité du paganisme en cherchant la cause dans les effets !

Le monde, mon cher baron, est fort dangereusement placé. Le corps social est en fermentation ; vous me rendriez un bien grand service si vous pouviez m'apprendre de quelle espèce est cette fermentation, si elle est spiritueuse, acide ou putride? J'ai bien peur que le *verdict* ne tourne vers la dernière de ces espèces, et ce n'est pas moi qui pourrais vous apprendre que ces produits ne sont guère utiles.

Veuillez recevoir les remerciements des miens pour votre aimable souvenir et l'assurance de ma vieille amitié.

METTERNICH.

Humboldt à Varnhagen.

Dimanche 21 février 1847.

Je ne sais si je vous ai montré une très-belle lettre de mon frère, de Rome 1805, sur la mort de Schiller ; elle a été trouvée seulement dernièrement, et paraîtra dans la prochaine livraison de ses œuvres. Je vous présente en outre, reçues cette semaine, une lettre très-aimable du prince Metternich et une lettre très-sèche et très faible du prince Albert. Metternich vient de publier à ses frais un ouvrage magnifique : la description de son musée de pétrifications à Königswarth. Peut-être y a-t-il là-dessous un petit dessein caché, celui qu'on l'élise, et non pas Kolowrat, président de la nouvelle académie des sciences. Sur le désir du prince Albert, j'ai fait, pendant qu'il était à Stolzenfels, poser un exemplaire du *Cosmos* dans sa chambre ; il n'a pas eu la bonne grâce de me remercier. L'oiseau noir [1] le rendra plus poli, et.... Il me fait parler de mers de lumière tournante, et de *terrasses étoilées;* c'est une variante à mon texte, façon Cobourg, *quite english*, venant droit de Windsor, où tout est terrasses. J'ai parlé dans le *Cosmos* d'un tapis étoilé pour expliquer par des ouvertures l'espace dénué d'étoiles. Il y a deux ans que je m'étais acheté l'ouvrage sur les monuments du Mexique, dont il m'a fait cadeau. Une belle édition de lord Byron aurait été plus aimable ; c'est singulier aussi qu'il ne fasse aucune mention de la reine Victoria ; peut-être ne trouve-t-elle pas mon ouvrage assez chrétien. Vous le voyez, je suis un juge sévère quand ce sont des princes qui écrivent.

De grâce, renvoyez vite Metternich et Albert, car je n'ai pas encore répondu ; je vous prierai aussi de me renvoyer, mais plus tard, la lettre de Guillaume ; c'est la seule copie ; j'ai donné l'original à Schlesier ; il avait la plus grande envie d'avoir quelque chose de la main de mon frère.

Le prince Albert à Humboldt.

Windsor Castle, 7 février 1847.

Très-honoré baron,

A mesure que j'ai avancé dans la lecture du premier volume de votre *Cosmos*, je me suis senti pénétré du désir de vous réitérer mes remerciements pour la grande jouissance intellectuelle que vous m'avez procurée. Il est vrai que je ne suis pas capable, en retour de votre admirable livre, que j'ai reçu de votre main, de vous renvoyer un jugement compétent. Toute-

[1] L'ordre de l'Aigle noire.

fois, pour ajouter un poids appréciable à l'expression de ma reconnaissance, je vous offre l'ouvrage ci-joint (*Catherwood Views in Central America*), qui fait suite à votre grand travail sur l'Amérique espagnole, et comme tel méritera peut-être d'attirer votre attention. Il n'est pas besoin que je vous dise avec quelle vive impatience j'attends la publication du second volume du *Cosmos*.

Puisse le ciel, dont vous décrivez si magnifiquement « les mers de lumière tournante et les terrasses étoilées, » vous conserver de longues années à la patrie, au monde et au *Cosmos*, en pleine santé de corps et d'esprit. C'est là le vœu sincère de votre tout dévoué

ALBERT.

Humboldt à Varnhagen.

Berlin, 27 février 1847.

Voici à la fin, mon cher ami, ma lettre de remerciements à Carrière, avec de chaudes recommandations.

Vous avez eu raison de me gronder sur ma trop grande sévérité à l'endroit de l'homme aux terrasses étoilées. Je ne suis sévère qu'avec les puissants, et à Stolzenfels cet homme m'a causé une impression fort pénible. « Je sais que vous prenez beaucoup de part aux malheurs des Polonais russes. Malheureusement, les Polonais méritent aussi peu notre intérêt *que les Irlandais. Mihi dixit*, et l'on est le bel époux de la reine de la Grande-Bretagne ! Je me hâte de courir à Potsdam pour y chercher tous les manuscrits qui sont heureusement arrivés d'Erfurt. Mme de Bulow m'écrit qu'il y a une très-belle place pour notre Rahel et des choses flatteuses pour vous. Je suis avec ma vieille amitié.

30 mars 1847.

Journal de Varnhagen. — Je venais de rentrer chez moi quand je vis venir Humboldt m'apportant une liasse de manuscrits, les lettres de son frère à Mme Diede. Humboldt voit les affaires d'ici sous un jour désespéré, et ne se console guère qu'en pensant que les constitutions accordées ne valent rien, et que de tout cela finira par ressortir quelque chose de bon ; il est préparé aux violences de toutes les espèces, aux violences de la police, à la colère du peuple, à l'action des troupes. Le roi, selon lui, ne se doute pas de l'état des choses; il est parfaitement satisfait, a composé son discours d'ouverture, et ne pense plus au 11 avril et à ses suites. Il n'a jamais dit à Humboldt un mot de ce qui se passe. Dans l'affaire de Michelet, Eichhorn a extrêmement monté le roi; cependant, on aura de la peine à destituer Michelet comme le roi le veut et comme le ministre y pousse.

31 mars 1847.

Humboldt m'a dit hier que le roi croit encore fermement à Don Miguel, à Don Carlos, au renversement de la dynastie de juillet; il est persuadé qu'il aura encore l'occasion de faire un voyage à Paris pour y saluer le souverain légitime. Humboldt continue, et me dit que lui, Humboldt, passe pour un jacobin qui tient en poche le drapeau tricolore, tandis que moi je passe pour royaliste, mais que le roi a des préjugés contre moi ; il ajoute qu'il est inconcevable que mon vieux ami Canitz n'ôte pas au roi ces préjugés-là, et qu'avec tout ce qui se passe, on ne pense ni à me demander conseil, ni à m'utiliser ; Wittgenstein, lui aussi, a parlé souvent à Humboldt dans ce sens, mais avec cela on n'oublie qu'une chose, c'est que je ne peux et ne veux, et résolûment, ni l'un ni l'autre.

La noblesse est excessivement montée ; elle s'est métamorphosée en un clin d'œil ; le sentiment de soi-même se soulève avec violence. Le diable lui-même n'aurait pas pu trouver un meilleur moyen d'irriter toute cette classe que la création avortée de cette Chambre des seigneurs.

C'est un rêve : j'ai vu le roi pleurer à chaudes larmes, et s'écrier : Les choses en sont donc venues à ce point? Eh bien, je cède. Que mon frère se charge de tout, et puisse-t-il réussir mieux que moi.

10 mai 1849.

Continuation du journal de Varnhagen. — Je relis ce que j'ai fait imprimer sur Frédéric-Guillaume IV au mois d'août seulement de l'année dernière (*Aux Allemands, court exposé des événements du jour*, par Varnhagen d'Ense), ce que j'ai écrit sur la prestation de serment en 1840, je le relis aujourd'hui, avec quels sentiments! — Quoi que je fasse, que je dorme ou que je veille, le poids des événements m'oppresse comme un cauchemar, et pourtant, je le sais fort bien, ce ne sont là que les affaires du jour, dont le payement ne se fera pas attendre, et l'avenir portera de riches fruits. Debout, ma patrie, puisqu'il le faut, debout! Tu passeras par la guerre civile ; ainsi, prends ton courage sans hésiter, et que la faute du sang versé retombe sur la tête de ceux qui t'ont forcée d'entrer dans cette voie. — Ici ce ne sont pas les succès momentanés, mais les échecs qui avancent les affaires de la nation. — Visite de Humboldt. Il regarde les ministres comme absurdes de vouloir se présenter devant les Chambres ; ils ne trouveraient pas seulement des hommes pour leur donner la majorité, un homme comme Kühlwetter même s'y refuserait. Je l'ai un peu effrayé en lui disant que la constitution octroyée me fait l'effet de la gousse épaisse recouvrant le germe d'une révolution nouvelle, mais il s'est fort diverti de m'entendre dire que depuis huit ans le roi se bat avec la logique. Il m'a raconté que le roi a eu grande envie de nommer de nouveau Canitz au ministère des affaires étrangères. Eichhorn revient avec ses conseils, parlant, comme Mme la conseillère ***, du parti des piétistes, de même que si lui n'en avait jamais fait partie.

L'indicateur (*Staatsanzeiger*) apporte la note autrichienne au sujet des affaires d'Allemagne. L'Autriche ne veut pas se séparer, mais elle veut dire son mot, et énumère sans plus tarder ce qu'elle ne souffrira pas, c'est-à-dire point de souveraineté du peuple, point d'autre chef que l'Autriche. Un soufflet pour la Prusse, un soufflet pour Francfort, mais un soufflet surtout pour Gagern. Accrochez, vous l'avez! Comme tout fait bien le jeu de la république.

Metternich à Humboldt [1].

Richmond, ce 17 septembre 1849.

Mon cher baron,

Je viens d'apprendre par les feuilles de ce jour que le 9 septembre 1769 vous a vu naître, et que vous venez de célébrer ainsi votre quatre-vingtième anniversaire. Près de vous, je me serais joint à vos amis pour vous offrir mes vœux; à la distance qui nous sépare, je m'avance seul vers vous et vous dirai en peu de mots que je rends grâce à la puissance qui vous a donné des facultés qui ont rendu votre nom impérissable; naître est peu de chose; utiliser la vie est beaucoup. Vous comptez parmi les plus riches, et vous avez fait un bien noble usage de votre fortune morale. Que Dieu vous conserve en santé et en vie!

Recevez, mon cher baron, avec l'expression d'un vœu dont vous ne mettez pas en doute la sincérité, celle de mes sentiments de dévouement et d'amitié, dont la date est ancienne, comme tout ce qui est placé entre nous.

METTERNICH.

Humboldt à Varnhagen.

Potsdam, 15 octobre 1849.

P.-S. Mettez parmi vos autographes une très-jolie lettre de l'homme qui doit être à présent à Bruxelles. Il use avec beaucoup de liberté de l'expression *votre fortune morale*. Mais les gazettes, qui sont toutes tachées de sang! Quelle année que celle-ci, où tous les sentiments se confondent dans le désordre.

[1] L'original de cette lettre est en français.

La duchesse Hélène d'Orléans à M. de Humboldt.

J'offre à votre Excellence le remerciement le mieux senti pour le souvenir si cher que vous voulez bien consacrer aux heures que nous avons passées récemment ensemble ; par tous les événements qui ont eu lieu depuis, elles me semblent appartenir déjà à des temps antédiluviens.

Je vois avec plaisir et reconnaissance que nos conversations dans mon salon rouge aux Tuileries et à Saint-Cloud, si présentes à mon souvenir, ne se sont pas non plus effacées du vôtre, et je remercie Votre Excellence de sa fidélité dans ses sentiments, fidélité qui, par le temps qui court, gagne singulièrement en prix.

Déjà, grâce à ce que m'avait écrit ma chère cousine[1], j'ai pu me régaler de votre dernier ouvrage ; les cœurs éprouvés par les vicissitudes humaines, les esprits fatigués du trouble des événements le salueront comme on salue une source bienfaisante. — Mon fils y a déjà trouvé un aliment à sa soif d'instruction. — Laissez-moi néanmoins vous remercier de m'avoir envoyé ce bijou, auquel votre lettre qui l'accompagne prête une valeur nouvelle.

Comme vous me le dites en termes si vrais, mais fort adoucis : « Les hommes travaillent dans ce moment *à une fable convenue* ; ils s'efforcent d'atteindre ce qu'on ne peut pas atteindre, ce à quoi ils ne croient pas eux-mêmes. » Mais où paraîtra la lumière qui leur fera voir clair, et quels événements faudra-t-il encore pour les convaincre de l'impossibilité d'associer des exigences contradictoires ? Je suis de l'opinion de Votre Excellence, et crois que la tranquillité actuelle ne durera guère. — Je n'y vois non plus la satisfaction de personne, que l'apathie et l'indifférence qui agissent pour endormir, mais non pour convaincre. Qui peut sonder l'avenir ? C'est l'énigme du lendemain ; elle demeure cachée. C'est pourquoi

[1] La princesse de Prusse, femme du régent.

nous devons attendre avec d'autant plus de patience que les années qui viendront nous en donnent la solution. Que cette attente, toutefois, ne nous ôte ni le courage, ni la résignation ; au contraire, qu'elle retrempe nos forces.

Lors de ma visite en Angleterre, le roi m'a adressé beaucoup de questions au sujet de la santé de Votre Excellence, la reine aussi a appris avec bien de l'intérêt les nouvelles que je lui ai données de vous. — Le roi et la reine conservent un bon souvenir de vos nombreuses visites à Paris. — Mes enfants demandent à vous être rappelés, et je vis dans l'espérance de demeurer de temps en temps présente à votre mémoire.

Eisenach, 23 octobre 1849.

HÉLÈNE.

Humboldt à Varnhagen.

Potsdam, 4 novembre 1849.

Comme les nouvelles de Paris sont importantes ! L'imprévoyant atteindra peut-être le *consulat à vie* (avec allusion aux mots de *durée et de stabilité*), mais il n'en tombera pas moins, il réveillera le lion qui dort. La liberté n'y perdra pas, et les hommes d'Etat allemands (y en a-t-il un seul, excepté H. de Gagern?) s'apercevront qu'il y a au centre de l'Europe cette France de 1789, la même, de la nullité de laquelle on affecte de se moquer depuis un an. Les centres de gravité se déplacent.

24 novembre 1851.

Journal de Varnhagen de Ense. — On essaie des insinuations contre Humboldt. Les petits et les médiocres, qui sentent bien que contre un grand ils ne sont rien, s'unissent dans un but de haine et de jalousie, pensant ainsi être quelque chose. Ils s'abordent l'un l'autre en souriant, l'un émet en confidence ses observations, dit quels sont les objets de répulsion, les faiblesses, les défauts de Humboldt, l'autre accepte l'ouverture avec plaisir, répond sur le même ton, on se serre affectueusement la main en amis sincères contre le héros. Les plus fidèles en apparence se livrent à de semblables petites manœuvres qui, isolément, ne signifient rien, mais en masse gâtent la vie et rétrécissent le cœur; Gœthe, lui aussi, a souffert d'une clique pareille, Humboldt en souffre. Je sais, moi, ce qu'il en est, Rahel en a fait l'expérience. Ses frères, ses nièces, comme ils aimaient à s'unir à tous les gens les plus en sous-ordre, pour élever leurs médiocrités réunies au-dessus de son génie! Les faiblesses de Humboldt sont connues; il ne fait rien en secret, il se laisse voir tel qu'il est; mais sa grandeur aussi demeure intacte, la grandeur de son esprit, laquelle n'est pas moindre que celle de son cœur. — Et quatre-vingts ans, quel boulevard! qui oserait y porter la main?

29 janvier 1852.

Continuation du journal de Varnhagen. — A une heure, Humboldt est venu me voir. Il est singulièrement dispos pour son âge! Il est révolté du coup d'Etat en France, de cet acte de violence si brutal, de ces bannissements arbitraires, mais surtout du vol de la fortune des Orléans. Le roi a commencé par être dans la jubilation, cet attentat contre le peuple, contre la représentation nationale, contre le droit et le serment prêté ne l'a choqué ni lui ni la cour, mais que l'aventurier laisse subsister le suffrage universel, s'appuie sur le peuple, fasse du socialisme et veuille devenir empereur, voilà ce qui le fera détester. Humboldt dit qu'après la révolution de février, l'établissement du gouvernement provisoire, qui trouva immédiatement obéissance dans toute la France, est un coup de partie beaucoup plus fort que ce que vient de faire celui-ci qui est seul, qui était président depuis trois ans et porte un grand nom. Je mis en pendant l'avant-parlement et la commission des cinquante à Francfort. Humboldt voit dans cette facilité à se soumettre le désir d'unité et de centralisation qui, chez les Français, domine même les divisions des partis. Humboldt affirme qu'il est hors de doute que Louis Bonaparte est un fils de l'amiral Verhuel, son frère Morny est un fils du général Flahaut, qui a vécu avec les deux sœurs [1], — la reine de Hollande et la reine de Naples. Il ne parle de Persigny, — Fiahin de Persigny, — qu'avec le plus profond mépris, disant qu'il n'est qu'un sous-officier grossier et mal élevé, qui prétend avoir trouvé quelque chose de nouveau au sujet des pyramides. Passant à nos affaires, il s'est plaint de la sottise, de la pauvreté de nos ministres, dont le plus bête est Raumer; bête et rustre par-dessus le marché; le roi, irritable, de mauvaise humeur, capricieux, aime à se tirer d'embarras en disant qu'il n'y peut rien, et qu'il est obligé de se diriger d'après les ministres.

Humboldt à Varnhagen.

Berlin, 5 février 1852.

Je crois, mon cher ami, que la lettre que je viens de recevoir confirmera fort toutes vos idées sur Paris. Galuski, le traducteur de la seconde partie du *Cosmos*, est un homme noble, plein de talent, savant en philologie, mais d'un amour pour la liberté fort modéré. Ce qu'il dit de ses premières impressions exprime même cette modération d'une façon assez impertinente. Lui aussi, il était pris d'une peur épouvantable de ce qui allait venir. Mon opinion a été de tout temps que la plus échevelée des républiques est moins contraire aux progrès de l'humanité et à la conscience de ses droits que *le régime* qui emploie tout l'art de la civilisation à faire régner la volonté et le caprice d'un seul. Pour augmenter l'abomination que vous éprouvez à l'endroit d'un abaissement pareil, lequel menace de s'étendre comme une peste, lisez le *Journal des Débats* d'aujourd'hui (3 février); il donne les raisons qui (suivant le *Constitutionnel*) rendent nécessaire une liste des éligibles. Déjà hier, dans la *Gazette de Spener*, il y avait un entre-filet où l'on faisait une recommandation semblable pour notre seconde Chambre.

[1] Les deux belles-sœurs.

J'espère vous envoyer bientôt l'histoire de l'académie de Bartholmess. J'ai tenté, mais en vain, beaucoup de choses en faveur de la veuve du professeur F.

Humboldt à Varnhagen.

Berlin, 12 février 1852.

Peut-être, mon cher ami, cela vous intéressera-t-il de trouver réuni sur un feuillet tout ce que la dynastie d'Orléans a tenté pour prévenir le malheur dont elle a été la victime. La duchesse d'Orléans m'a envoyé cette note par la princesse de Prusse.

Humboldt à Varnhagen.

Berlin, 13 mars 1853.

Mon cher et vieil ami, dans ce temps moralement si honteux, je suis, au milieu des tracas de ma vie désolée, à me demander si dans mon trouble d'esprit j'ai pensé à vous envoyer le septième volume des œuvres complètes de mon frère. J'en suis moi-même profondément confus, mais je sais que vous ne m'avez point appris encore à me mettre en colère. Le morceau contre Capo-d'Istria, la demande de céder Strasbourg, ne semblent qu'une ironie du sort en comparaison de notre dernière humiliation...

Léopold de Buch est mort ; il était un spirituel mélange des plus nobles, des plus généreux sentiments du cœur, avec des éclairs de passion et un certain despotisme d'opinion, du petit nombre d'hommes qui ont encore une physionomie ; sa mort m'a fait un profond chagrin. Il a donné à sa science une face nouvelle ; il était une des plus grandes illustrations du temps ; notre amitié a duré soixante-trois ans, sans nuages, bien que nous cultivassions le même sol. Je l'ai trouvé en 1791 à Freiberg où, bien que de cinq ans plus jeune que moi, il était déjà à l'académie des sciences. Son enterrement a été pour *moi* un avant-coureur, *c'est comme cela que je serai dimanche*. Et dans quelles circonstances quitterai-je le monde, moi qui ai vu 1789, qui en ai senti les émotions ; mais les siècles sont des secondes dans le développement successif de l'humanité. Seulement, la grande courbe a de légères inflexions, et c'est chose fort mal gracieuse que de se trouver dans une de ces inflexions-là.

9 septembre 1853.

Journal de Varnhagen. — Humboldt s'était fait annoncer; il vint vers deux heures et resta jusqu'à trois heures et demie. Ce fut une simple visite où l'on ne traita point d'affaires; il éprouvait le besoin de se soulager au sujet d'une foule de choses. D'abord, il parla avec une humeur extrême des discours du roi à Elbing et à Hirschberg, blâmant la faiblesse complète d'élucubrations pareilles ; ensuite il s'exprima avec le plus profond mépris sur Raumer, le ministre des cultes, sur sa grossièreté, son audace, sa haine contre tout ce qui est science, son influence malheureuse. « Le roi, dit Humboldt, déteste et méprise tous ses ministres, parle de Raumer surtout comme d'un bœuf ; ce qui vexe le roi, c'est que Raumer est constamment opposé à ses désirs. — Et pourtant il le garde? — Comme il les garde tous, parce qu'il les a, et que tout changement lui est un travail pénible. — Exemple : les frères Schlagintweit ; le roi aurait bien désiré leur venir en aide pour leur voyage dans l'Himalaya, le ministre des cultes s'y est refusé; le roi lui ordonna de prendre l'avis de Humboldt ; il fut complétement favorable; Raumer, néanmoins, persista dans sa manière de voir, qui ne fut nullement changée par l'avis de Humboldt. Alors le roi, se déclarant impuissant vis-à-vis de son ministre, écrivit à Bunsen, qui prit la chose en main, et aujourd'hui les frères Schlagintweit reçoivent un secours de l'Angleterre. — Et ce même roi, qui est si jaloux de son autorité, se laisse brider de la sorte? — Oui, il se plaît même de temps en temps à jouer le rôle de roi constitutionnel; dans des affaires un peu délicates, c'est avec une sorte de joie malicieuse qu'il se déclare exempt de toute responsabilité ; si aux demandes qu'on lui adresse, on lui objecte la difficulté d'obtenir les signatures de ses ministres, il fait semblant de croire que la manœuvre du bâtiment de l'Etat lui est étrangère, il accuse même ses ministres de le laisser à ce sujet dans l'ignorance. — Pour des petites sommes, le roi rencontre souvent la plus grande résistance; pour des grandes, il réussit; on lui refuse trois cents écus pour un pauvre savant ou un artiste, mais quatre mille écus pour un achat ne se doivent pas refuser. — Quel désordre! quelle déplorable administration! — Le roi est parfaitement content de pouvoir tripoter à son aise dans les affaires de l'Eglise, lesquelles sont séparées de celles de l'Etat, et où il ne trouve aucun ministre sur son chemin. — Je ne comprends pas bien ceci; les ministres se mêlent aussi de l'Eglise. — Dans tout ce ménage, le pire est le conseiller privé, N***, vil flatteur, cafard plein de haine et de fiel. Il y a quelque temps, il disait : « La Garcia ne peut pas chanter ici parce qu'elle est trop rouge; » toutes les représentations qu'on lui a faites pour lui prouver que le chant n'a rien de rouge ont été vaines; je finis par lui dire : « Eh bien, en ce cas, envoyez à Béthanie chercher des diaconesses pour chanter. » En voilà un qui sera heureux de me voir sous terre.

Humboldt à Varnhagen.

Berlin, jeudi pendant la nuit
du 13 au 14 avril 1854.

Recevez, mon noble ami, vous et l'aimable confidente des démons [1], mes remerciements les plus sincères. Le roi, vu ses préparations religieuses, est maintenant pour moi invisible, et lundi il va passer cinq ou six jours à Potsdam pour des affaires

[1] Bettina.

militaires, mais demain, à huit heures du matin, il aura à Charlottenbourg une lettre de moi fort chaleureuse[1]. Ainsi, nous aurons fait du moins notre devoir en conscience. Je deviens complétement le ministre responsable des *conservateurs*, vu qu'il y a trois jours j'ai demandé le quatrième diminutif de l'oiseau rouge (l'ordre de l'Aigle rouge, 4me classe), pour un homme qui a conservé son fonds cent cinquante ans, le jardinier Boucher, un fils adoptif[2] de la Champagne. — C'est pour moi un grand plaisir de penser que mon *Introduction*[3], qui n'a cependant que le mérite de l'indépendance et de la fidélité, vous a plu aussi pour la forme. Comme marque de ma gratitude, je vous envoie pour votre collection d'autographes un document qui, vu l'époque où il remonte, — juin 1848, — ne manque pas d'importance. Je vous prierai seulement de me renvoyer les autres papiers, notamment ceux qui concernent le conflit si malheureusement devenu public. Tout ce qui est noble se ravale à un rang vulgaire : j'ai dû répondre quelques lignes. — Je vis d'une façon monotone, tristement, *et mourant avant le principe*.

Lundi je suis homme de noce, et certainement je m'y trouverai.

Humboldt à Varnhagen.

Berlin, 9 juillet 1854.

Le jugement de Gneisenau concerne sans doute mon frère. Ce sont là des emportements du moment. Schiller, quand j'arrivai à Iéna, écrivait à Körner « que j'avais plus d'esprit et que j'étais mieux doué que mon frère; » plus tard, dans un temps où il me voyait tous les jours et où il m'accablait de caresses, il écrivait à Körner « que je n'étais qu'un homme

[1] Pour lui annoncer que Savigny fête le 17 sa noce d'or.

[2] Louis de Gerlach, dans la seconde Chambre, avait appelé le député Bethmann Hollweg un fils adoptif de la Prusse.

[3] Aux œuvres d'Arago

d'une intelligence médiocre, qui, malgré une activité dévorante, ne produirait jamais rien de grand dans sa branche. Que les ouvrages de Herder n'étaient que des produits maladifs dont se déchargeait sa nature. » Dans une collection d'autographes à Augsbourg, dont on voulait me faire présent et que j'ai renvoyés, mon ami le prince S. écrit à Koreff : « Alexandre H., en sa qualité de levrette, accompagne de nouveau le roi au congrès d'Aix-la-Chapelle ! » Voilà les pièces qu'on joue sur le théâtre de la vie au profit de la candide postérité. L'empereur Alexandre a raconté au feu roi que sans aucun doute, au congrès de Vienne, mon frère a été gagné par l'argent des juifs pour plaider leur cause, comme, suivant le roi de Hanovre, le baron de Bulow a été gagné par la France dans les affaires de Belgique. — Dans l'ouvrage très-intéressant de Schöning sur la guerre de la succession de Bavière, intéressant par la correspondance du prince Henri et par les rapprochements avec la position honteuse de nos jours, l'on trouve un projet politique, lequel m'était inconnu; c'est la proposition de l'Autriche à la maison de Bavière de recevoir contre la cession de la Bavière, les Pays-Bas comme royaume de Bourgogne. C'était déjà après ce titre de roi de Bourgogne que courait le duc de M. en 1815, toutefois il se serait contenté de la Lorraine et de l'Alsace. Pendant un moment, Napoléon avait fait du *Principe de la Paz* un roi de Bétique (Andalousie et Grenade), en souvenir de Télémaque, et du roi de Sardaigne il voulait faire un *roi de Numidie*, bien que le donateur ne pût disposer d'une seule toise du sol africain.

Dimanche dans la nuit.

(C'était déjà en 1743 que l'Autriche offrait à l'empereur Charles VII, contre la Bavière, l'Alsace et la Lorraine, lesquelles cependant il fallait commencer par aller prendre.)

11 août 1855.

Journal de Varnhagen. — Vers une heure. Humboldt vint

me voir; il avait l'air en bonne santé; il était vif et alerte d'esprit. Humboldt vient de recevoir dernièrement le grand cordon du Brésil pour une sentence arbitrale qu'il a été appelé à prononcer entre le Brésil et Vénézuéla, de laquelle sentence dépendait la possession d'un territoire considérable. « Autrefois, me dit-il, on a voulu m'emprisonner à Rio-Janeiro comme un espion dangereux et me renvoyer en Europe ; l'ordre même existe, on le montre comme une curiosité, et voilà qu'aujourd'hui l'on me prend pour arbitre. Naturellement j'ai conclu en faveur du Brésil, je voulais avoir le grand cordon, la république de Vénézuéla n'en a point. J'interrompis cette sortie prononcée du ton le plus ironique, en m'écriant : comme les temps changent! — Oui, reprit-il aussitôt, le mandat d'arrêt alors, et à présent le grand ordre. — Non, non, répliquai-je ; non, je ne pensais pas à ce qui vous est personnel, mais à ce qui touche à l'histoire ; autrefois l'on avait coutume de déférer des jugements pareils au pape.

Continuation du journal de Varnhagen. — Humboldt parla du prince de Prusse, et affirma qu'il avait répété à Pétersbourg ce qu'il avait dit ici avant à tout le monde ; c'est que la guerre aurait pu être évitée, et que, si d'entrée de jeu la Prusse avait pris une attitude décidée, l'empereur Nicolas aurait cédé. La famille impériale vit dans une bonne union, le grand-duc Constantin ne paraît pas au prince si dangereux qu'on le fait, l'impératrice-mère dit qu'ils ne sont tous que des enfants, et qu'il faut qu'elle reste avec eux pour les tenir ensemble. On se ressent beaucoup de la guerre ; tout est en souffrance, le pays est presque épuisé d'hommes, les armées ne sont plus nombreuses ; la Pologne, les provinces allemandes, la Finlande n'ont que de faibles garnisons ; toute la force est dans la Crimée, les pertes sont immenses et ne se peuvent presque pas remplacer ; Gortschakoff mande que les combats lui coûtent par jour de 150 à 200 hommes ; c'est au bout du mois un nombre effrayant. Nesselrode pense à entamer de nouvelles négociations, mais auparavant il faudra que, d'un côté ou de l'autre, il y ait de grands coups frappés; on n'est pas sans inquiétude pour Sébastopol. Le prince se rend d'ici à Erdmannsdorf auprès du roi, il court de là à Bade. — Le roi a auprès de lui à Erdmannsdorf le général de Gerlach, et entre autres aussi R., si de celui-ci il n'en a pas déjà assez, ce qui est très-possible. Humboldt parle de R. comme d'un jésuite, le nomme Ignace, et s'ébaudit longtemps sur son compte. Les grandes destinées de l'Italie laissent le roi parfaitement indifférent, mais un vitrail de couleur, une volute sur un vieux monument, un nom de famille, voilà ce qui excite au plus haut point son intérêt, ce qui l'occupe, ce qui l'amuse, et R. est bien l'homme qu'il faut pour de semblables balivernes. Pour Bunsen, le cas est à peu près le même, le roi lui écrit sur des minuties théologiques, sur les Pères de l'Eglise. Il lui a demandé de faire des articles de gazette contre l'évêque de Mayence, mais Bunsen a posé la condition de pouvoir mentionner la demande du roi dans ses articles qui, sans cela, n'auraient ni crédit ni effet. — Le duc de Cobourg-Gotha court après une augmentation de territoire et un titre plus élevé que le sien ; celui de « roi d'Ostphalie » est déjà sur le tapis ; le roi en parle souvent en riant, comme si la chose était faite. On compte pour cela sur l'Angleterre et sur la France ; on se flatte, on s'appuie volontiers sur Bonaparte, qu'on serait disposé à reconnaître pour protecteur d'une nouvelle confédération du Rhin. Voilà où en est l'allemanisme (Deutschheit). Il est trahi surtout par ceux qui devraient le protéger. » Humboldt finit par me dire : « Quand on a le malheur de devoir vivre avec des misérables comme Gerlach, Raumer et tous ceux qui se sont nichés à la cour... » Nous allâmes ensemble jusqu'à la rue de Köthen pour voir un tableau, je quittai Humboldt singulièrement vibré. Je n'ai pas pu me rappeler ni écrire la dixième partie de tout ce qu'il m'a dit.

Berlin, ce 6 décembre 1855[1].

C'est avec un bien vif intérêt que j'ai parcouru, Monsieur, l'ouvrage des *Actes et gestes merveilleux de la cité de Genève*, monument historique que vous avez arraché à l'oubli. Il retrace une époque bien importante pour les progrès de la raison, quoique ensanglantée aussi dans le parti même de la réforme par des excès regrettables. Veuillez, je vous prie, agréer l'expression d'une reconnaissance d'autant plus affectueuse que votre bienveillance pour moi se fonde en grande partie sur les rapports bien anciens que j'ai avec M. le major d'Orlich, mon excellent et spirituel ami, auteur d'un ouvrage important sur l'Inde. Votre édition de la chronique de Fromment, très-remarquable par la précision et l'élégance typographiques, a été très-heureusement ornée des charmantes eaux-fortes de M. Gaudon, dont le style et le caractère sont en harmonie avec la nature de l'ouvrage. Les Saussure (mes yeux ont encore vu le plus grand de ce nom, et un bien jeune, mais digne d'un nom si illustre, et qui voyage actuellement dans mon pays, le Mexique), les Pictet, les de Candolle, les de la Rive m'ont rendu bien chère votre noble et libre patrie, que j'ai visitée la première fois en 1795 dans un voyage géologique aux monts Euganéens et aux Alpes.

Agréez, Monsieur, je vous supplie, l'hommage de ma haute considération, et veuillez bien aussi remercier M. Guillaume Fick de quelques mots aimables insérés dans la *Confession de foi de* 1561.

A. Humboldt.

[1] L'auteur de ces articles ne saurait se refuser au plaisir de donner ici une lettre qui lui fut adressée à cette époque par M. de Humboldt, quand bien même l'hommage rendu par l'illustre savant à la ville de Genève ne ferait pas de la publication de ce document curieux presque un devoir.
G. R.

Humboldt à Varnhagen.

Berlin, 23 janvier 1856,
dans la nuit

Le grand-duc (de Saxe-Weimar), à qui vous avez échappé, m'a chargé de vous saluer mille fois. Il a de merveilleuses théories, découvertes sans doute quelque part (la Béotie n'était pas éloignée de l'ancienne Athènes) et mal comprises. Il y a deux classes de sculpteurs, la moins relevée, celle vers laquelle incline Rauch, prenant sa création de *l'extérieur à l'intérieur*, la plus relevée (Rietschel) la prenant de *l'intérieur à l'extérieur*. — Mais quel scandale, ce Philarète Schall[1] au *Journal des Débats* ! J'ai écrit à Paris : « *Vulgaire dans les idées comme dans les formes du langage, indigne d'un littérateur du Collége de France.* »

Humboldt à Varnhagen.

Berlin, 11 septembre 1856.

Mon cher ami, c'est à cause de l'intérêt si vif que vous prenez à la question de l'esclavage que je vous envoie la dernière lettre de Gerolt ; elle est arrivée très-tard ; mais vous intéressera, j'en suis certain. Malheureusement c'est Buchanan et non pas Frémont, ce savant voyageur qui a fait quatre fois à pied la route à San-Francisco, et à qui nous devons que la Californie ne soit pas devenue un Etat à esclaves, qui sera président. Ne me renvoyez ni la lettre ni les pièces. Et après cette sottise africaine, encore une autre plus sérieuse et plus gravement compromettante, une folie pas si royaliste qu'aristocratico-bernoise, mêlée de quelques intérêts de chemin de fer (pour savoir s'il faut favoriser le chemin par Neuchâtel ou par la Chaux-de-Fonds), ainsi assaisonnée de jeu de bourse ! ! Et l'héroïque comte qui a exécuté le coup d'Etat *à la Napoléon*, arrive tout endoctriné...... de Berlin, pendant que nous avons auprès de la Confédération un ministre que nous prétendons

[1] Jeu de mot intraduisible : *schall*, son, résonnance.

aujourd'hui n'avoir jamais reconnu. Comment se tirer de là? Il en ira ainsi de nos trois possessions d'outre-mer ; Jade, Zollern, découvert par Colomb Stillfried, et Neuchâtel. Je plains Pourtalès, le Constantinopolitain, qui se trouve dans une méchante opposition entre sa dynastie (le comté prussien) et son libéralisme officiel. Par bonheur le Parlement anglais a pour le moment encore la bouche close.

22 novembre 1856.

Journal de Varnhagen. — A une heure et demie je me préparai, et malgré une pluie torrentielle me rendis chez Humboldt. Il se réjouit de me voir arriver et ne tarda pas à me conduire dans la chambre à côté où pendait la grande aquarelle de Hildebrand ; c'est vraiment un admirable tableau où domine la figure de Humboldt ; il est assis. Hildebrand a fait cadeau de son œuvre, non pas à M. de Humboldt, mais à Seyffert son valet de chambre ; cette aquarelle sera gravée. Nous visitâmes l'appartement ; trois chambres contiennent tout ce qu'il faut pour travailler ; elles étaient chauffées à 19 degrés Réaumur, température qui m'était insupportable. Humboldt se plaignit de démangeaisons à la peau ; c'est un mal connu, lui dis-je ; — le *pruritus senilis*, ajouta-t-il aussitôt. Humboldt avait dans une boîte un caméléon vivant qu'il me montra en me disant que c'est le seul animal qui a la faculté de diriger en même temps un de ses yeux en haut et l'autre en bas ; il n'y a que nos calotins (Pfaffen) qui en peuvent faire autant ; ils ont un œil au ciel et l'autre sur les biens de la terre. — Il fut aussi question de Neuchâtel ; le roi est plein d'espérance ; il compte sur Louis Bonaparte ; Manteuffel ne voit pas les affaires d'un œil aussi favorablement prévenu, mais en rit. Le chancelier russe comte de Nesselrode, lors de sa dernière visite à Humboldt, lui a dit que la constitution actuelle et l'attitude de la Suisse font sur lui l'impression la plus favorable, et sont bien propres à concilier à la république l'estime et la faveur.

Humboldt à Varnhagen.

Berlin, 30 novembre 1856.

La Gazette de Spener, à côté d'un article sur Neuchâtel et sur l'évacuation des provinces danubiennes, ne manque pas de contenir tous les matins un *bulletin de la santé* de cinq petits vers à soie qui sont chez Fintelmann, le jardinier de la cour. Comme tout perd en importance ! J'ai souvent daté mes lettres de la colline ci-devant historique de Sans-Souci, et voici que l'île des Paons, grâce à deux petites chenilles, va devenir historique. C'est ainsi que le monde se transforme. Il est vrai qu'en France, au temps où les chèvres d'Angora rendirent le ministère Richelieu célèbre, chaque jour le *Moniteur* disait aussi : *Le moral des chèvres s'améliore de jour en jour*.

Humboldt à Varnhagen.

Berlin, 7 février 1857.

Mon mal à la peau va infiniment mieux; j'ai repris mon travail de nuit. Le quatrième volume du *Cosmos* se composera de deux parties, c'est-à-dire de deux volumes de trente-cinq feuilles chacun ; le premier est presque imprimé ; on en est au second ; mais les deux parties paraîtront en même temps pour ne pas diminuer l'effet.

La manière impertinente et imprévoyante dont on a mené ici cette misérable affaire de Neuchâtel expose la Prusse de la part de Paris aux plus grandes humiliations. On se vengera sur la Prusse de Waterloo comme on s'en est vengé sur la Russie.

Humboldt à Varnhagen.

Berlin, le 19 mars 1857,
pendant la nuit.

Comment me priverais-je du plaisir de vous remercier, vous, le plus cher, le plus spirituel, le plus tendre de mes amis. Non, ce n'est pas de l'indulgence, non, un éloge au sujet de mon discours sur Böckh, un éloge sorti de la bouche du maître dans l'art de dire et d'exprimer les douces caresses de l'amitié, a été mon partage. Vous m'avez fait bien plus de plaisir que vous ne le supposiez vous-même. En ce qui concerne mon mal, c'est une paralysie qui a si vite passé, sans affecter le cerveau, sans altérer le pouls ni le visage, sans interrompre la mobilité des longs membres soumis à la volonté, que le tout est demeuré pour moi un mystère. Il y a des orages magnétiques (l'aurore boréale), électriques dans les nuages, des orages nerveux chez les hommes, de forts, de faibles, peut-être un simple éclair, *avant-coureur* de l'autre. J'ai eu de sérieuses pensées de mort, *comme un homme qui part ayant beaucoup de lettres à écrire.* D'autres intérêts, qui seront éternellement vivants en moi, me rattachent aux souvenirs de la veille ! ! Je me crois en pleine guérison, mais ayant dû rester cloué sur mon lit sans rien faire, j'en ai pris encore plus de tristesse et d'humeur contre le monde. Je ne dis cela qu'à vous seul. Bientôt je pourrai aller vous voir et vous remercier de bouche du plus profond de mon cœur. Tout ce qui nous entoure excite la honte.

Humboldt à Varnhagen.

Berlin, le 23 mai 1857

Je suis inquiet, mon cher ami, à l'endroit de Weimar. Le grand-duc est partout, excepté à Weimar-Athènes. Qu'adviendra-t-il de celui que nous avons si chaudement recommandé? A-t-il obtenu audience du prince éloquent? Vous ne m'avez pas fait compliment à propos de cet ordre de *grand officier*, dont me gratifie le Moniteur de Hambourg, et que m'avait donné Guizot il y a plus de quinze ans. Raumer [1] est très-intéressant à entendre; il a été à Pesth, à Milan, il a diné chez l'archiduc et chez Cavour. Il n'est pas revenu de Lombardie sans un petit brin d'amour pour le gouvernement autrichien, comme les républicains quand ils visitent les Etats-Unis, où l'arsenic, les tortures et le nègre Frémont font à Buchanan, l'avaleur de

[1] L'historien, l'auteur des Hohenstaufen.

Cuba, un certain mal au ventre[1]. *Multa sunt eadem sed aliter.* Le ministre de l'instruction russe, Noroff, qui a eu à Borodino la jambe emportée à ras la hanche, et qui revient avec sa jambe de bois de Jérusalem et d'Egypte, où il a grimpé jusque sur les pyramides, est ici; il y suit les cours de Jean Muller et Diederici; son accompagnateur, le jeune comte Ouwaroff (auteur d'un grand ouvrage sur les antiquités de la Chersonèse), suit Michelet et Böckh; tous deux sont des hommes agréables; le premier, dit-on, est un peu clérical, toutefois sans esprit de persécution; tous deux aiment fort la vie de liberté de nos étudiants et l'absence d'agents de police dans le bâtiment de l'université. Comme ils vont partir, je n'ai pas voulu détromper Raumer le boiteux. *Decipitur mundus.*

Humboldt à Varnhagen.

Berlin, 19 juin 1857.

L'empereur Napoléon, avec des phrases pleines de circonlocutions aimables, vient de raccommoder adroitement tout ce qu'avaient d'énigmatique les lettres qui m'ont été envoyées par le prince Napoléon et Walewski. Puisque Niebuhr, en sa qualité de conseiller de cabinet prussien, fait un livre sur les antiquités noriques, doit-on encore s'étonner de quelque chose, même de la *libre* agitation autour du scrutin dans la *libre* France. Je crois que quelques semaines à Branitz vous seront salutaires.

Humboldt à Varnhagen.

Berlin 11 janvier 1858.

Mon honoré ami, moi aussi je suis de nouveau très-souffrant

[1] Ce passage se rapporte à un accident dont le président des Etats-Unis fut la victime : M. Buchanan, dînant avec d'autres personnes dans un hôtel, fut pris après le repas de maux d'entrailles assez violents pour qu'on crût dans le premier moment à un empoisonnement; une enquête judiciaire établit que cette indisposition devait être attribuée à de l'eau corrompue. (*Note de Varnhagen.*)

de mon ancien mal à la peau, conséquence fâcheuse de l'âge. Vous, du moins, vous avez toute votre liberté et pouvez vous soigner; moi je n'ai aucune liberté, je suis tourmenté par tout le monde, et surtout sans miséricorde par la poste. Le souvenir si honorable de mistriss Sarah Austin m'est fort précieux ; je vous le dois, comme tant d'autres choses. Soyez l'interprète de ma reconnaissance et de mon respect auprès de cette femme d'esprit et de son frère, M. John Taylor. Les nouvelles de Livingstone m'intéressent d'autant plus qu'il parle des capacités de la race nègre dans un temps où, sous le prétexte du travail libre, la France d'une part et l'Amérique de l'autre favorisent la traite sur la côte d'Afrique de la façon la plus honteuse. Les nouvelles politiques de l'Inde données par le capitaine Meadows Taylor étaient insignifiantes... Le docteur Michel Sachs n'a pas voulu démordre de ma glorification hébreuse. Bien des choses aimables au noble général de Pfuel, que j'irai chercher aussitôt que je le pourrai. Votre fidèle et toujours illisible, A. Humboldt.

18 février 1858.

Journal de Varnhagen. — Aujourd'hui j'ai été chez Humboldt qui, avec une présence d'esprit merveilleuse, m'a parlé de tout ce que ma visite pouvait rappeler à sa mémoire; il m'a dit entre autres les choses les plus flatteuses pour Ludmilla au sujet de son livre [1], dont il assure que la seconde édition ne doit pas se faire attendre...... Humboldt s'est plaint surtout amèrement du nombre de lettres qu'on lui adresse; il est forcé d'en lire plus de quatre cents par mois; beaucoup commencent ainsi : « Mon vieillard, » ou « noble jeune vieillard, » ou « Caroline et moi sommes heureuses, notre sort est dans vos mains. » — Il a fait l'éloge de la princesse Victoria, qui n'est pas jolie, mais a un petit minois agréable, une tenue simple et l'œil plein de feu.

[1] Sur Mme Elisa d'Ahlfeldt

8 mars 1858.

Continuation du journal de Varnhagen. — Humboldt m'a renvoyé avec quelques lignes d'amitié le livre du marquis de Normanby sur la révolution de 1848 (*A year of revolution*). Il le nomme un ouvrage indiscret, presque sans esprit, moi je dis que c'est un livre stupide, une trahison qui montre combien c'est chose dangereuse de se commettre avec la diplomatie, surtout quand elle n'est pas officielle, comme l'était alors celle du marquis que Lamartine et Cavaignac n'écoutèrent que trop. Lord Normanby est un Anglais des plus lourds et des plus ennuyeux qui aient jamais existé.

Humboldt à Varnhagen.

Berlin, 9 septembre 1858,
pendant la nuit.

Mes remerciements les plus sincères, mon cher ami, pour vos aimables lignes. Les remerciements de l'excellent *** ne me sont point indifférents ; on a été ici assez peu poli pour ne pas me faire entendre par la moindre parole que ma mission était remplie. Comme vous et votre spirituelle nièce, Mlle Ludmilla, aimez les curiosités, et que, vu mon extrême vieillesse, j'ai perdu depuis longtemps toute vergogne en face des éloges, je vous envoie ici une lettre de la reine Victoria, qui me fait demander par la princesse de Prusse quelques passages des vues de la nature et du *Cosmos* transcrits de ma main...

Pour la régence, quelque nécessaire qu'elle soit aux fins de relever l'honneur gaspillé du pays, on n'a, hélas ! encore rien fait. Puisse le prince de Prusse tenir ce qu'il promet ; qu'il n'entreprenne rien sans la condition qu'il aura le titre de régent ; mais où sera l'initiative avec la séquestration du roi, que depuis son retour l'on ne m'a pas laissé voir à moi ? Si l'on abandonne l'initiative aux Chambres, l'on agira avec précipitation et une crainte peu digne. *Alea jacta*, de plus la somme d'intelligence qui est en jeu paraît étroitement mesurée. Que savez-vous, mon cher ami, de M. Iwan Golowin qui, avec une si audacieuse indiscrétion, me fait poser photographiquement devant le public dans le plus affreux *négligé de costume*, même, comme je le lui ai écrit avec beaucoup d'humeur, *en me dotant de deux fautes de français*, — *venaient* au lieu de *viennent*, *pourrait* au lieu de *pouvait*. Que ne se permettent pas les hommes pour faire servir les autres à leurs desseins !

Humboldt à Ludmilla Assing [1].

Berlin, 12 octobre 1858.

Quel jour d'épreuve pour moi, de deuil et de malheur que celui d'hier. J'avais été appelé par la reine à Potsdam pour prendre congé du roi. Il pleurait d'attendrissement. Je reviens chez moi le soir à six heures, et j'ouvre votre lettre, chère et aimable amie. Lui, enlevé à ce monde avant moi, le vieillard de quatre-vingt-dix ans, le vieux de la montagne. Ce n'est pas assez de dire que l'Allemagne a perdu un grand écrivain, elle a perdu celui qui savait modeler la langue avec le plus de noblesse et de grâce ; mais qu'est-ce que la forme à côté de tant de pénétration, de vivacité d'esprit, d'élévation, de sagesse. Ce qu'il m'a été, à moi qui demeure à présent complétement isolé, il n'y a que vous avec votre esprit supérieur qui puissiez le comprendre. J'irai bientôt chez vous moi-même vous le dire.

Je suis dans la douleur de mon âme.

A. Humboldt.

[1] Sur la mort de Varnhagen.

www.ingramcontent.com/pod-product-compliance
Ingram Content Group UK Ltd.
Pitfield, Milton Keynes, MK11 3LW, UK
UKHW021646260726
13994UKWH00003B/1298